白の修辞学(レトリック)

エミリィ・ディキンスンの詩学

Akemi Matsumoto
松本明美

関西学院大学出版会

白の修辞学(レトリック)
エミリィ・ディキンスンの詩学

序　文

　アメリカの詩人、エミリィ・ディキンスン（1830-86）は、いまやアメリカを代表する詩人の1人として、確固とした地位を築いている。ディキンスンが誕生したのは、180年以上も前であるが、彼女が活躍した19世紀のアメリカでは、思想家のラルフ・ウォルドー・エマーソン（1803-82）が超絶主義者として旋風を巻き起こしていた。この同じ時代には、他にもヘンリィー・デイヴィッド・ソロー（1817-62）、ナサニエル・ホーソーン（1804-64）、ハーマン・メルヴィル（1819-91）、ウォルト・ホイットマン（1819-92）などの、『アメリカルネサンス』[1]に登場してくるような百花繚乱の詩人や小説家たちが一世を風靡した時代でもあった。

　ディキンスンは当時の家父長制度の元で、弁護士だった父の厳しい養育のもとに、家事だけでなく、ごく限られた知人との書簡のやり取り、そして読書に耽溺し、こつこつと詩を書きためていたのである。才気煥発な少女時代を過ごした後、成人して20代後半にもなると、白いドレスを着用して自室にこもる生活を送るようになった。この白いドレスを着て、家に引きこもり、外の世界と断絶するという彼女の謎めいた行動には、先ほど取り上げた作家や詩人たちとは、かなり趣を異とする。

　ところが、ディキンスンは父の屋敷からは一歩も外に出なかったわけではない。30代の時に、目の疾患の治療のため、一時期ボストンに滞在している。詩人として、目が不自由で何も書けないという辛さは、想像に難くない。それでも、ディキンスンは目が不自由な中でも、想像力を頼りとしながら、詩作を続けようとしたのではないだろうか。ディキンスンの詩には、「見る」という行為そのものを意識した詩がことのほか多いのである。本書では、この「見る」という行動にも焦点を当てながら論じていきたい。具体的に、第1部から第3部の考察内容を呈示する。

その前に、タイトルに挙がっている「白」という色について言及してみたい。「白」と言えばいろいろなイメージが喚起されるが、アメリカ文学の「白」と言えば、まず『白鯨』が挙げられるだろう。この小説の42章の冒頭で、「とりわけ私をぞっとさせたことは、その鯨の白さだった」[2]とあるように、他にも鯨の白さについて詳細に言及した個所は幾多もある。それらの中から一部を引用してみたい。

> Though in many natural objects, whiteness refiningly enhances beauty, as if imparting some special virtue of its own, as in marbles, japonicas, and pearls; [...] this same hue is made the emblem of many touching, noble things—the innocence of brides, the benignity of age; [...] whiteness typifies the majesty of Justice in the ermine of the Judge, and contributes to the daily state of kings and queens drawn by milk-white steeds; though even in the higher mysteries of the most august religions it has been made the symbol of the divine spotlessness and power; [...].[3]

多くの自然物において、白はさらに上品に美を高める。まるで、大理石、椿、真珠のように、それ自体に備わる特別な美徳を伝えているかのようである……この色は、多くの感動的な高貴な物事の象徴とされている―花嫁の純潔、年老いた者の慈悲……白は裁判官のアーミンにおいて正義の威厳を象徴する。そして乳白色の馬に引っ張られた王や女王の日々の威厳に貢献している。最も威厳のある高い秘儀の中においてさえ、白は神聖な無垢と権力の象徴になっていた……。

Or is it, that as in essence whiteness is not so much a color as the visible absence of color, and at the same time the concrete of all colors; is it for these reasons that there is such a dumb blankness, full of meaning, in a wide landscape of snows—a colorless, all-color of atheism from which we shrink?[4)]

　あるいはその本質において、白は色ではなく、目に見える色のない状態なのである。同時にすべての色を結集したものである。こういう理由のために、広大な雪景色には、意味のある沈黙の空白—色のない、すべての色の無神論が、我々を恐れさせているのか？

　『白鯨』の中で定義されている「白」とは、「大理石、椿、真珠」などに代表されるように、「美を高める」ものである。さらには、「花嫁の純潔、年老いた者の慈悲」などが挙げられる。宗教的なものにおいても、「白さ」は威厳を高めるものなのである。後半の引用では、この色は色がない状態にもなり、例えば雪景色や空白、無神論の無色で全部が凝縮した色が心を萎えさせるのだろうか、となっている。つまり、「白」はその色の象徴となるすべてのものの気品を高め、美しさを高めるのである。そして、「雪景色」にあるように、雪原そのものが、雪以外何もない「空白」の状況になっていく。分かりやすく言えば、「白」はさらに「無色」から色のない状態に変容していく。最終的に「白」は、「空白」の状態になる。言い換えれば、「白」という修辞は限界のない広がりを持ちながらも、人の心をつかむものなのである。
　「白」は、上のメルヴィルの引用中にあったように、ディキンスンが身にまとっていた白いドレスの象徴の1つにもなっている。あるいは、ディキンスンの詩の中では、「花嫁」のドレス、または雪景色も「白」を代表するモチーフの1つだろう。「花嫁」の衣装については、ディキンスンが複雑な宗教観を保持しているため、晦渋なテーマである。また、ディキンスンが好きな蜘蛛の巣もディキンスンにとっては、重要な隠喩だろう。雪景色については、同じニューイングランドの出身、ロバート・フロスト（1874-1963）[5)]や、ウォレス・スティーヴンズ（1879-1955）[6)]の雪をテーマにした詩を思い浮かべることができる。このように、「白」と言えば雪を想像させる修辞である。しかし、ディキンスンの雪および冬の詩は、どの

ように描かれているのだろうか。そこで、本書の第1部で考察を試みる。第1部のキーワードは、「白」と「テクスト」である。

　第2部では、「見る」ことの可能性と、その反対に限界点を探りながら、ディキンスンの観察力と感受性の鋭さが際立っている詩を取り上げる。ここでは「白」が無色化して視覚的にとらえられない修辞となっていく。そしてその現象は目の前を、ゆっくりだが確実に過ぎていくのである。決して留まることができない何かが変化している。その有り様を、詩人ディキンスンはどのような隠喩で移し変えていくのかを、何編かの詩を選びながら考察したい。第2部のキーワードは、「美」と「感受性」と「洞察力」である。

　第3部では、詩人の物事を見る力と「記憶」について、「空白」という言葉を援用しながら考察することにする。目の病気で苦しんだディキンスンだからこそ、「見る」という行為には特別な意味が付与される。目に疾患を抱えるがゆえに、他の感覚で補いながら、詩の世界を広げようと暗中模索する。そこでディキンスンが詩に応用したのが、聴覚である。その聴覚（耳朶）から中へ一歩踏み込んで、脳の中の不思議な世界をテーマにしたものを選んで、精読する。ここでは、これまでのディキンスン研究であまり取り上げてこなかった詩にも刮目して論述する。第3部のキーワードは、「視覚」、「聴覚」、「記憶」である。そして、「白」の究極の色である無色もキーポイントになるだろう。最終的に、「白」が修辞としてどのような広がりを持つのか、そしてその特徴とは何かをまとめていくことにする。

　また、ディキンスンの場合、多く議論されることだが、詩を語る、「私」（"I"）が問題になってくる。これについては、ディキンスンが自分の書簡の中で、「私自身について述べる時、つまり、詩の代表者についてですが、それは私のことではなく、仮定の人物（"a supposed person"）なのです」[7]と言い切っている。したがって本書では、詩の語りを務める「仮定の人物」である「私」のことを、「ペルソナ」と呼ぶことにする。

[注]

1) 『アメリカルネサンス』F. O. Matthiessen による名著（1941）；米国 20 世紀中葉の 5 人の文学者 Emerson, Thoreau, Hawthorne, Melville, Whitman の作品を分析。『リーダーズ英和辞典』第 3 版。
2) Hershell Parker and Harrison Hayford, eds., *Herman Melville, Moby-Dick* (New York:W.W.Norton, 2002) 159-165.
3) *Moby Dick*, 159.
4) *Moby Dick*, 165.
5) Robert Frost, *Complete Poems of Robert Frost* (New York: Henry Holt and Company, 1949).
6) Wallace Stevens, *The Collected Poems of Wallace Stevens* (New York: Alfred A. Knopf, 1980) 9.
7) Thomas H. Johnson and Theodora Ward, eds., *The Letters of Emily Dickinson* (Cambridge, Massachusetts: The Belknap P of Harvard UP, 1958) 412, No. 268.

目　次

序　文　3

第 1 部　ディキンスンの白の修辞学(レトリック)　11

第 1 章　「平和の芸術」のモチーフ………………13
　　Ⅰ　　13
　　Ⅱ　　18
　　Ⅲ　　24

第 2 章　蜘蛛と詩人と言葉…………………………33
　　Ⅰ　　34
　　Ⅱ　　41
　　Ⅲ　　48

第 3 章　ディキンスンの冬の詩……………………51
　　Ⅰ　　52
　　Ⅱ　　61
　　Ⅲ　　65

第 2 部　ディキンスンの美意識　69

第 4 章　グロテスクな美……………………………71
　　Ⅰ　　72
　　Ⅱ　　78
　　Ⅲ　　85

第 5 章　美の定義……………………………………87
　　Ⅰ　　87

　　　　　　Ⅱ　　　89
　　　　　　Ⅲ　　　98

第6章　ディキンスンの夏の詩 ・・・・・・・・・・・・・・・・・・・・・・・ 105
　　　　　　Ⅰ　　　106
　　　　　　Ⅱ　　　120
　　　　　　Ⅲ　　　124

　第3部　　空白の記憶　　　127

第7章　ディキンスンの詩における喪失感 ・・・・・・・・・・・・ 129
　　　　　　Ⅰ　　　130
　　　　　　Ⅱ　　　137
　　　　　　Ⅲ　　　145

第8章　ディキンスンの詩における視覚と聴覚 ・・・・・・・・・ 147
　　　　　　Ⅰ　　　148
　　　　　　Ⅱ　　　154
　　　　　　Ⅲ　　　160
　　　　　　Ⅳ　　　165

第9章　ディキンスンの詩における記憶と忘却 ・・・・・・・・・ 169
　　　　　　Ⅰ　　　170
　　　　　　Ⅱ　　　181
　　　　　　Ⅲ　　　191

結　論 ・・ 195

　　　　参考文献　　199
　　　　あとがき　　213
　　　　索　　引　　219

第 **1** 部

ディキンスンの白の修辞学(レトリック)

第 1 章

「平和の芸術」のモチーフ

　ディキンスンの色彩や絵画に対する感受性は、絵画を鑑賞し、それに関する知識を蓄えることによって培われた。特にディキンスンの感受性が遺憾なく発揮されている絵画のモチーフは、彼女独特の詩論や芸術論などの抽象的なテーマと多彩なメタファーを織り交ぜながら表現している。第1部では、ディキンスンの絵画をモチーフにした詩を取り上げながら、彼女が理想としていた芸術観を述べる。そして、第1章から第3章までを通して、ディキンスンが実際に「白」（"white"）という言葉を使った詩を取り上げて考察する。そして、さらには「白」のイメージを喚起するものをテーマにした詩まで考察する。それによって、ディキンスンが詩の中で醸し出している「白」の世界とは、どのような空間が広がっているのかを考えてみたい。

I

　ディキンスンに関する研究は、彼女の死後100年にあたる1980年代をピークに、アメリカ文学界で稀に見る注目を集めることになった。この時期に上梓された研究書や学術論文のおかげで、この詩人の全貌や特質が次第に明らかになってきた。その一方で、ディキンスンの伝記的な部分においてはまだ謎が多く、難解と目される詩の多くについては今でも論壇を賑わせている。ディキンスンと言えば、成人して人間的にも成熟してくる頃になってから、自室にこもりだして、外部との接触をほとんど断った詩人

という人物像が一般的である。また、白いドレスを着た謎めいた詩人という印象を持つ読者もいるだろう。だからと言って、ディキンスンが井の中の蛙の世間知らずで、しかも淡白な思想の持ち主であったかと言えば、そうではなかったことが、彼女の詩や書簡から明言できる。

　ディキンスンが詩を書く上で独特の思想を深めた要因として考えられるのは、ディキンスン家が所蔵していた多くの蔵書と、当時一流の批評家だったトマス・ウェントワース・ヒギンスン（Thomas Wentworth Higginson, 1823–1911）との文通、そしてラルフ・ウォルドー・エマースン（Ralph Waldo Emerson）たちによる超絶思想の影響である。さらにディキンスンの卓抜した感受性は、彼女が芸術に深い造詣があったことと関係している。ディキンスンがピアノ演奏だけでなく、絵画にも精通していたことも知られている。セント・アーマンドによると、ディキンスンはジョン・ラスキン（John Ruskin）の *Modern Painters* に影響を受けたという[1]。実際、ラスキンについて、ディキンスンは書簡の中で「あなたは私の本についてお尋ねですね……散文についてはラスキン氏とサー・トマス・ブラウン、それに黙示録です」[2]と言及している。

　ディキンスンの自然について書かれた多くの詩には、画家をイメージする表現や色を表す言葉がふんだんに使われている。それは特に風景を模写したような詩の中で用いられるが、詩論や他の抽象的なテーマの詩でも使用されている。ディキンスンの言葉による風景描写については、当時アメリカで活躍したトマス・コール（Thomas Cole, 1801–48）が風景画を多く描いていた[3]ことも関与していると考えられる。

　ディキンスンが得意とする夕暮れの詩には、blue、gray、purple などの色が頻繁に現れる。例えば 233 番の詩である。

　　A slash of Blue—
　　A sweep of Gray—
　　Some scarlet patches on the way—
　　Compose an evening sky—

A little purple— slipped between—
Some Ruby Trowsers hurried on—
A Wave of Gold—
A Bank of Day—
This just makes out the *Morning* Sky—　　　（Fr 233A）[4]

ひと筆の青
一塗の灰
途中にある幾つかの緋色の斑点
これらが夕空を構成する
間に滑り込んだわずかな紫
急いで駆け込んできたルビー色のズボン
黄金の波
日の河岸
これがまさに朝の空を作り上げる

　ここでは「一筆」（"A slash"）、「一塗り」（"A sweep"）など筆使いを意識した言葉が出ている。詩的技巧としては、ｓの音が畳み掛けるように繰り出して、小気味よいリズムを生み出している。そのようなさりげない詩的技巧によって、白いキャンバスに次々に色がのせられて、夕暮れの風景、そして朝の空の状況を読者は想像することができる。
　ディキンスンの色を表す言葉は、夕暮れの詩の中でのみ効果を発揮するとは限らない。そのような夕暮れの詩の色とは対照的な雰囲気を演出する色が、白だと仮定できる。この白という色は、彼女の詩の中で何度も登場する。その色は、1つのテーマだけでなく広範囲のテーマに関わっているため、複数の意味を内包していると考えられる。
　白を意識した作家や詩人はディキンスンだけではない。あの大作『白鯨』（*Moby-Dick*）を著したハーマン・メルヴィル（Herman Melville）が、鯨の白さについて詳述している "The Whiteness of the Whale" という章の

中で、白という色が持つ多様な意味について説明しているので、もう一度その一部を引用してみよう。

> Though in many natural objects, whiteness refiningly enhances beauty, as if imparting some special virtue of its own, as in marbles, japonicas, and pearls; [...] this same hue is made the emblem of many touching, noble things—the innocence of brides, the benignity of age; [...].　　　　(159)[5]

多くの自然物において、白はさらに上品に美を高める。まるで、大理石、椿、真珠のように、それ自体に備わる特別な美徳を伝えているかのようである……この色は、多くの感動的な高貴な物事の象徴とされている―花嫁の純潔、年老いた者の慈悲……

> This elusive quality it is, which causes the thought of whiteness, when divorced from more kindly associations, and coupled with any object terrible in itself, to heighten that terror to the furthest bounds.　　　(160)

この捉えがたい性質は、白の思想をより温かい連想から切り離し、それ自体を恐ろしいものと結び付ける時、その恐怖を最高の束縛へと高めることになる。

> Or is it, that as in essence whiteness is not so much a color as the visible absence of color, and at the same time the concrete of all colorsp; [...].　　　(165)

あるいはその本質において、白は色ではなく、目に見える色のない状態なのである。同時にすべての色を結集したものである。

第1章 「平和の芸術」のモチーフ　17

　最初の引用では、「白」の一般的なイメージ、つまり「白」い色から滲み出る高潔さについて書かれている。「大理石」「真珠」など、「白」を代表するような事物を並べ、さらには「花嫁の純潔」に象徴されるように、純真で清楚なイメージが強調されている。これは大部分の読者が肯定できる考え方だろう。

　2つ目のパッセージでは、「白」は「捉えがたい」性質を内在しているがゆえに、「恐ろしいもの」と結合し、「その恐怖」をさらに高めていくことがある、と書かれている。これは初めの引用とは対立する内容であることが分かる。

　最後の引用は、「白」は色彩というよりむしろ「目に見える色のない状態」、つまり無色となりうる色であることを示している。まさにこの色は別次元の色にも変化することが分かる。このようにメルヴィルは、「白」が持つ様々なイメージに着目することによって、巨大な鯨を中心とした壮大な長編小説を描き上げることができたのである。

　「白」と言えば、聖書ではヨハネの黙示録にある"white robes"が挙げられる。作家や詩人では、メルヴィルの他にも、ロバート・フロストやウォーレス・スティーヴンズが、雪の白さを隠喩として、独自の詩を書いている。また、フロストは"Design"[6]と題する詩の中で「えくぼのある、白いぽっちゃりした蜘蛛」を登場させ、さらには"white"という言葉を何度も繰り返して、そのために全体的に不気味な雰囲気を醸し出している。メルヴィルに話を戻すと、先ほどの引用以外のところでは、白人人種にも言及している。白人と言えば黒人と対立する人種として、アメリカの作家たちがこの対立構造をしばしば作品の重要なテーマに選んでいる。アメリカ詩でも、例えばラングストン・ヒューズ（1902-67）の場合、自分自身が黒人であることを理由に、黒人の悲哀やもどかしさを吐露した詩をいくつも書いている。

　このように大まかに考えただけでも、「白」は様々なイメージを持つために、作家や詩人たちはそれぞれの意図や目的に照らし合わせながら、この色を重視して使っていると考えられる。逆に言えば、「白」ほど作品

ごとのコンテクストに応じて使い分けられる色はないだろう。それだけに「白」は、他の事物を引き立てて、黒や闇のようなものとのコントラストを演出する役目を果たすだけでなく、この色自体が中心的モチーフに選ばれることもある。ディキンスンも詩の中でこの色を何度も使っており、実際、そのような詩はとりわけ異彩を放っている。本論ではディキンスンがなぜこの色を重要視したのか、そして次に、詩の文脈に応じてどのような意味を込めたのかを考える。さらに、彼女が好んで用いた絵画に関係するモチーフについて考察しながら、ディキンスンの詩論の一端を掘り下げてみたい。

II

　ディキンスンは「白」という色を、詩の様々なコンテクストに応じてそのイメージを使い分けている。最初にディキンスンの "white" が出てくる詩を選び、それらの詩からその色がどのようなモチーフで使用されているのかを考えてみたい。まずは307番の詩である。

> A solemn thing—it was—I said—
> A Woman—white—to be—
> And wear—if God should count me fit—
> Her blameless mystery—
>
> A timid thing—to drop a life
> Into the mystic well—
> Too plummetless—that it come back—
> Eternity—until—　　　　　(Fr 307, stanzas 1–2)

　厳粛なこと——と私は言った
　女が白い色になることは

そしてもし神が似合うと思われるなら
潔白なる神秘をまとうということは

臆病なこと——生命の一滴を
神秘の井戸に落とすことは
あまりにも軽すぎて
永遠まで戻ってこない

　「女が白い色になる」とは、女性が純白の花嫁衣裳を着ることを指す。ここでの"white"は、女性が花嫁になり妻の身分に変わることを象徴している。"solemn"や"blameless"が呼応しあって、少女から成人女性へと変わる厳粛な儀式を伝えている。この詩の"white"は、メルヴィルの引用で見られたような純真無垢な花嫁のイメージと合致する。あるいはこれは聖書の復活のイメージをも喚起する。また、この言葉の前後にダッシュを使って孤立させることで、より一層この色に注目させる意図があるとみなすことができる。同時に無駄な字句が省かれていることによって、「白」の「神秘」的な世界がますます増幅していくような印象を与えている。
　次の411番でも、「白」は異質な詩的空間を演出している。

　　Mine—by the Right of the White Election!
　　Mine—by the Royal Seal!
　　Mine—by the sign in the Scarlet prison—
　　Bars—cannot conceal!　　　　　（Fr 411, stanza 1）

　　白の選びの権利により私のもの！
　　王の封印により私のもの！
　　鉄格子も隠すことのできない
　　深紅の牢獄のしるしによって私のもの！

行末のエクスクラメーションマークの繰り返しが、語り手のペルソナの高揚した気分を端的に表している。1行目の"White Election"の「白」もまた、307番同様に結婚を匂わせるイメージである。"Election"はディキンスンらしいdictionの1つで、その意味は自らの意思で選び取ること、あるいは神の選びも考えられる。地上で叶わなかった恋愛を天上で成就させる意思を暗示する。しかしながら、「深紅の牢獄」("Scarlet prison")という情熱的というより血の気を帯びた「牢獄」が出てくることで、さらにこの「白の選び」は引き立ってくる。

　307番と411番の引用から分かることは、花嫁になるという神聖な瞬間が、"white"の色で象徴的に置き換えられているということだ。そして白い服を身にまとうモチーフは、ディキンスンが実際に白い衣装を着て自室にこもりだしたこととつながるだろう。このような伝記的な事実と合わさって、このモチーフは一段と謎めいた雰囲気を醸し出している。

　さらに「白」について、別の角度から考えてみたい。次の401番は、411番に負けず劣らず激しい情熱を放散している。

　　Dare you see a Soul *at the White Heat*?

　　Then crouch within the door—

　　Red—is the Fire's common tint—

　　But when the vivid Ore

　　Has vanquished Flame's conditions,

　　It quivers from the Forge

　　Without a color, but the light

　　Of unannointed Blaze.

　　Least Village has it's Blacksmith

　　Whose Anvil's even ring

　　Stands symbol for the finer Forge

　　That soundless tugs—within—

　　Refining these impatient Ores

With Hammer, and with Blaze
Until the Designated Light
Repudiate the Forge—　　　　　（Fr 401A）

白熱する魂を見てみたいですか？
それならドアの中にかがみなさい
赤は火の普通の色
だけど色鮮やかな鉱石が
炎の状態に勝ってしまった時
それは炉から震えながら出ていく
色もなく、油が注がれていない炎の
光の状態で
村であっても鍛冶屋はいる
その金床の単調な響きは
内側で音も立てずこつこつ働いている
もっとすぐれた炉の象徴
ハンマーと炎で
これらのいらいらした鉱石を磨き上げる
やがて選ばれた光が
その炉を拒否する

　詩の語り手のペルソナは挑戦的な口調で語り始める。読者にとってこの詩は、一読しただけでは 1 つの解釈にたどり着けない難解な要素を持っている。「白熱する」とは文字通り、熱意などが最高潮に達することを意味する。その状況は、「ドアの中」とあるように、物事の内部、さらには隠喩的に心の内側で「白熱する」ことを示している。この「白熱する」魂が紆余曲折を経て、やがて「選ばれた光」を出すほどの凝縮したエネルギーを秘めている。「白熱する」魂を持つ人物とは、白い服を着たディキンスン自身だと主張する批評家がいる[7]。もしこの主張に賛同するとすれば、こ

の詩は「白熱する」ほどの詩作のエネルギーを保持したディキンスンが、「鍛冶屋」("Blacksmith")のように自室で「こつこつ」と詩を書き、やがてその中から純然たる光を放つ詩が完成する過程を示している。そして詩の中の「白」は、その色が無化されて見えない状態にまで達する。このような一連の化学変化をディキンスン自身に当てはめるとすれば、心の内に秘めた激しい情熱に、孤独や葛藤などの微妙な心の変化が融合することで創作に厚みが増して、その結果解釈の多様性が可能となるような、ヴァリエーションに富んだ詩を生み出すことが可能になったと考えられる。

　次の788番の「白」は一層複雑な意味合いを帯びている。

　　　Publication—is the Auction
　　　Of the Mind of Man—
　　　Poverty—be justifying
　　　For so foul a thing

　　　Possibly—but We—would rather
　　　From Our Garret go
　　　White—unto the White Creator—
　　　Than invest—Our Snow—

　　　[...]

　　　In the Parcel—Be the Merchant
　　　Of the Heavenly Grace—
　　　But reduce no Human Spirit
　　　To Disgrace of Price—　　　　　(Fr 788, stanzas 1-2, 4)

　　　出版は
　　　人の心の競売

貧しいならそんな不愉快なことをしても
正当化できる

だがおそらく私たちは
私たちの雪を投資するより
白のまま、白い創造主の元へ
屋根裏部屋から行く方がよい

［……］

小包にして
天の恵みの商人になるのだ
しかし人間の魂を
価格の不名誉に引き下げてはならない

　この詩には出版する行為に反発していたディキンスン自身の考え方が、アフォリズムとして示されている。実際にディキンスンは、ヒギンスンにあてた手紙の中でも、詩集の出版は自分にとっては無関係だと言い放っている[8]。その理由はこの詩の中でも断言されているように、「人の心の競売」（"the Auction / Of the Mind of Man"）、すなわち「人の心」に売値をつけてお金を儲けることはあまりにも「不愉快なこと」だからである。"Mind" と "Man" の "M" 音のアリタレーションが、主張をさらに強めるのに効果を発揮している。本を出版するということは、物理的に物を売買することを意味しているのではない。詩は1つの思想が心の中で徐々に熟成されて、それが言葉になって視覚化される貴重なものである。だからこそ、人間の精神活動が基盤となる詩を売ることは、人間の精神を売ることに等しい。そのことが第4スタンザの最後にある「価格の不名誉」というフレーズに圧縮されている。
　第2スタンザには "White" が二度出てくる。このスタンザをパラフレ

イズすると、質素な「屋根裏部屋」から「白のまま、白い創造主の元へ」行くこととなる。初めの "White" は心の潔白さを示し、次の "White" は創造主である神を指す。次行の "Our Snow" も、白を代表するイメージである一方、それは日光に当たると融けてしまうはかないイメージも併せ持つ。佐藤智子氏によれば、この「雪」はディキンスン自身の詩で、ディキンスンは自分の詩を純粋さや高尚さと同義語の雪にたとえているという[9]。さらにウェンディ・バーカーが、この「雪」について敷衍して説明している。つまり、「雪」であるディキンスンの詩は、太陽の当たる外部の世界に晒されると、様々な批評をされて、場合によっては存在価値のないものとして評価され、はかなく消え去ることがある[10]。この美しくもはかない雪のような性質を付随した詩は、いくら丹精を込めて書き上げたものでも、束の間の生命しか持たないかもしれない。「雪」そのものの詩は白く、純粋な性質を持ち、高潔さも併せ持っている。これはまさに「白い創造主」と同類であるため、ディキンスンにとって「出版」という行為は許しがたいことが分かる。だからこそ「人間の魂」が凝縮された詩を売ることを「不名誉」だと断言し、卑下するのである。

詩は神が造られたものとする考え方には、ディキンスンの出版に対する考え方が顕著に表れている。この詩の根底には、当時の女性詩人の立場や状況を垣間見ることができる。男性詩人の詩や思想が席巻していた時代に、女性詩人が詩の伝統や規範を逸脱して、堂々と自分の詩を世に問うことは不可能だった。そのような現実に対する一種の反骨心が、この詩を完成させる動機付けになったと考えられる。また、「雪」のように雑り気のない白さこそが、ディキンスンにとって無限の可能性と創造力を感じさせる色なのである。

Ⅲ

次からは、画家と詩人のモチーフを使った詩を読む。ディキンスンが詩人としての自己の立場をどのように理解していたかを考えていく。

I would not paint—a picture—
I'd rather be the One
It's bright impossibility
To dwell—delicious—on—
And wonder how the fingers feel
Whose rare—celestial—stir—
Evokes so sweet a torment—
Such sumptuous—Despair—

[…]

Nor would I be a Poet—
It's finer—Own the Ear—
Enamored—impotent—content—
The License to revere,
A privilege so awful
What would the Dower be,
Had I the Art to stun myself
With Bolts—of Melody! 　　　　（Fr 348, stanzas 1, 3）

私は絵を描こうとは思わない
むしろ私がその1枚になろう
それは輝く不可能
快く住むことや
そして指がどのように感じるか考えることは
そのまれな天上の騒ぎは
大変快い拷問と
こんなにも贅沢な絶望を思い出させる

［……］

私は詩人になろうとは思わない
耳を持つことの方が良い
魅惑され、無力になり、満足する
あがめるべき許可証
なんという恐ろしい特権なのだろう
私が自分自身で気絶する芸術を持つとしたら
天賦の才能とはどのようなものだろう
旋律の稲妻で！

　ここで省略した第２スタンザは音楽家について述べられているが、引用の第１スタンザでは画家について、第３スタンザでは詩人について述べられている。ペルソナの「私」はかたくなに画家や詩人になるのを拒否する。そのような芸術家になるのではなく、むしろ「絵」になりたいと考えている。しかしその理由を複雑な表現で述べている。それは"bright impossibility"（「輝く不可能」）に始まって、"so sweet a torment"や"Such sumptuous—Despair—"の撞着語法的な表現と、"s"音のアリタレーションを試みることで、ペルソナは心を揺さぶる１枚の衝撃や興奮を伝えようとしている。第３スタンザになって漸くペルソナは詩人について述べる。２行目には「耳」という意表をつく言葉が出てくる。その言葉に呼応するかのようにペルソナは最後に、「旋律の稲妻」（"Bolts—of Melody"）という力強いフレーズで締めくくっている。それは多少誇張した表現だが、美しく心地よいメロディーというより、ショックを受けるほど心を揺さぶるものだろう。"the Art"はここでは「芸術」を指すが、他に「すべ、技術」という意味も考えられる。詩人の本来の仕事とは、読者に何かを伝えて感動を与えられるような「芸術」を創造する「技術」を磨かなければならないものである。そのためにはまず、自分が読者となって「気絶する」ほどの体験をすることが条件になる。詩人自身がその体験を元に「旋律の稲妻」

を発生させるため、日々精進することが大切である。
　詩人の定義を、絵と結びつけて説明した詩がある。

This was a Poet—
It is That
Distills amazing sense
From Ordinary Meanings—
And Attar so immense

From the familiar species
That perished by the Door—
We wonder it was not Ourselves
Arrested it—before—

Of Pictures, the Discloser—
The Poet—it is He—
Entitles Us—by Contrast—
To ceaseless Poverty—　　　　　（Fr 446, stanzas 1-3）

この人こそ詩人
ありふれた意味から
驚くべき意味を蒸留し
ドアのそばで枯れている

普通の花から
限りない香油を搾り取る
私たちが以前、その香りに
引き付けられなかったとは

詩人とは絵の意味を
　解く人のこと
　それに比べて私たちは
　限りない貧困へと陥ってしまう

　詩人も画家も、見慣れて日常化したものや枯れていくものにも視線を向けて、それらを言葉や絵を通して人々に提示することによって、新たな発見や驚きを体験させることができる。特に詩人の役目とは、表現に工夫を凝らして物事の真実を言葉に託して伝えようとすることだろう。ディキンスンはおそらく詩人の存在意義とその仕事の崇高さを認識していたに違いない。

　これまでディキンスンの詩に使われていた「白」のイメージを中心に考察したように、彼女の場合は伝統的な白のイメージを前面に出すことで、詩全体に純粋で気高い雰囲気を醸し出している。その一方でディキンスンの詩は、その色の伝統的なイメージや印象に固執せずに、独自の「白」の世界を構築している。

　詩人と画家が、それぞれの作品への強い愛情を示している 665 番の詩を引用する。

　　The Martyr Poets—did not tell—
　　But wrought their Pang in syllable—
　　That when their mortal name be numb—
　　Their mortal fate—encourage Some—
　　The Martyr Painters—never spoke—
　　Bequeathing—rather—to their Work—
　　That when their conscious fingers cease—
　　Some seek in Art—the Art of Peace—　　　　（Fr 665）

　殉教詩人たちは語らなかった

しかし言葉で苦痛を書いた
　　彼らの死すべき名前が麻痺した時に
　　彼らの死すべき運命が、誰かを励ますようにと
　　殉教画家たちは決して話さなかった
　　むしろ彼らの作品に伝えた
　　彼らの意識のある指が止まった時に
　　誰かが芸術の中で平和の芸術を探し求めるようにと

　「殉教の詩人たち」は苦悩の状況下でも何も言わず、詩を書き続ける。彼らは自分たちがこの世を去った後も、詩の言葉が「誰かを励ます」ことを願って、言葉に全身全霊を注ぐ。同様に「殉教の画家たち」も黙々と絵筆を動かす。「画家たち」が亡くなった後も、丹精を込めて描いた絵が、心に傷を負った人たちを癒すように願っている。ディキンスンを含めた芸術家たちは、彼らの苦労の代償である芸術「作品」が、時代を超えて人々を慰め、穏やかにする「平和」の象徴であり続けるように熱望したことが読み取れる。

　ディキンスンが色彩に対して敏感だったのは、絵画を鑑賞して感受性を涵養したり、絵に関する知識を深めたりしたことが原因である。そのため詩を書くときには、画家が描く対象を細部に至るまで観察をするように、物事を深奥まで凝視する姿勢を貫いているのが分かる。言い換えれば彼女の繊細な感受性が遺憾なく発揮された絵画のモチーフは、抽象的なテーマをできるだけ具体的に言葉で表現しようとした努力の結果だと言える。絵が鑑賞者の視覚に訴えるように、色彩を表す言葉は、読者の脳裏で想像力を強く掻き立てるための重要な役割を果たしている。

　この章の最後に、ディキンスンらしく無駄な表現を省いた、小さな詩を紹介する。

　　White as an Indian Pipe
　　Red as a Cardinal Flower

Fabulous as a Moon at Noon
Febuary Hour—　　　　　　(Fr 1193)
　　　　　　12)

ギンリョウソウモドキのように白く
ベニバナサワキキョウのように赤く
正午の月のように伝説的な
2月の時

　「ギンリョウソウモドキ」の白い花と「ベニバナサワキキョウ」の赤い花と、うっすらと白みを帯びた「昼の月」。1枚の絵になりそうな情景は、静寂なる「2月の時」を映し出している。アマーストの「2月」と言えば、まだ雪が降る厳寒の時期かもしれない。しかし"White"で始まるこの詩は、素朴ながらも寒さに耐え抜く植物の生命力に対する賛美と、春への淡い期待を漂わせている。つまり、この短い詩は静かな余韻を湛えて、冬を越した春の芽生えへの淡い期待をも感じさせる。植物を愛したディキンスンらしい言葉使いと色彩感覚が見事に活かされていると同時に、「白」を強調することでより神秘的な世界が創造されている。
　ディキンスンの「白」は、これまでに考察したように豊かで多彩なイメージを持つ。ディキンスンはそのイメージを巧みに使い分けながら、真実を言葉で描こうとしている。ディキンスンは詩を書くとき、画家のように物事を綿密に観察する姿勢を手本とし、時には絵画のモチーフを実際の詩作で試みた。ディキンスンの絵画的モチーフは、色々な色彩の中でも特に「白」が中心になったとき、詩と絵画の長所が上手く融合して、詩的世界をさらに拡大するのに効果を発揮する。その意味でも「白」が見られる詩は、ディキンスンの詩に対する考え方を知る上で重要であり、剋目に値する。彼女の言う「絵の意味を解く人」とは、物事の真実を見定め、自分の中でいったん咀嚼し直して再現できる芸術家、究極的には詩人を暗示している。まさにディキンスンこそ、その行為を実践できた稀有な詩人なのである。

[注]

1) Barton Levi St. Armand, *Emily Dickinson and Her Culture: The Soul's Society* (Cambridge: Cambridge UP, 1984). セント・アーマンドは著書の中で、度々ジョン・ラスキンに言及しながらディキンスンの詩を考察している。ラスキンは5巻からなる *Modern Painters* を書いたが、その中で彼は風景画を始めとする壮大な絵画論を展開している。また、ワーズワスなどの詩人たちを取り上げて、詩人が自然とどのように対峙して、どういった詩を創作したのかを詳細に説明している。*Modern Painters* の第3巻については、以下の訳本も参考にした。ジョン・ラスキン著、内藤史朗訳『風景の思想とモラル──近代画家論・風景編』法藏館、2002年。

2) Thomas H. Johnson and Theodora Ward, eds., *The Letters of Emily Dickinson*, 3 vols., by Emily Dickinson (Cambridge: The Belknap P of Harvard UP, 1958) 404–405. No. 261.

3) 1801-48年、アメリカの画家。アメリカの雄大な風景を写実的な手法で描く(『コンサイス 外国人名事典』第3版、三省堂、361頁を参考)。

4) 小論では、ディキンスンの詩の引用は1998年に出版されたフランクリンの3巻本により、Fr 233 と記す。

   R. W. Franklin, ed., *The Poems of Emily Dickinson*, 3 vols., by Emily Dickinson (Cambridge: The Belknap P of Harvard UP, 1998) 256–257.

5) Herman Melville, *Moby-Dick, or the Whale* (Harmondsworth: Penguin Books, 1992). Chapter 42 "The Whiteness of the Whale." この後の引用については、引用した頁数を丸括弧に入れて示す。

6) Robert Frost, *Complete Poems of Robert Frost* (New York: Henry Holt and Company, 1949) 396.

7) Sandra M. Gilbert and Suzan Gubar, *The Madwoman in the Attic: The Woman Writer and the Nineteenth-Century Literary Imagination* (New Haven: Yale UP, 1979) 613.

8) *Letters*, No. 265.

9) Tomoko Sato, *Emily Dickinson's Poems: Bulletins from Immortality* (Tokyo: Shinzansya Publishing Co., Ltd., 1999) 148.

10) Wendy Barker, *Lunacy of Light: Emily Dickinson and the Experience of Metaphor* (Carbondale: Southern Illinois UP, 1987) 84.

11) Judy Jo Small, *Positive as Sound: Emily Dickinson's Rhyme* (Athens: U of Georgia P, 1990) 57.

12) "February" を "Febuary" と綴っている。

第2章

蜘蛛と詩人と言葉

　ディキンスンは自然を題材にした詩を数多く書いている。ディキンスンの自然についての詩と言えば、まず夕暮れの情景や植物や昆虫を表現したものが思い浮かぶ。それらの詩は、色彩的にも鮮やかなイメージを喚起させる比喩表現を駆使しているため、絵画的なものが多い。そのような詩は読者の想像力を刺激し、詩の世界へと徐々に誘引していく。それゆえ昔からディキンスンの詩のアンソロジーには、自然をテーマにした詩が多く載せられている。しかしながらディキンスンの自然に関する詩は、単なる情景描写で終わっていないものもある。つまり表面的には自然の風景や昆虫を詩のモチーフとしながら、詩人の芸術観、ひいては詩論が盛り込まれた詩が見受けられるのである。そのような詩として代表的なのが、蜘蛛の詩だと考える。ディキンスンの詩には昆虫、例えば蝶や蜜蜂だけでなく、蜘蛛が何編かの詩の中に登場する。ディキンスンの蜘蛛の詩は、蜘蛛の行動を言葉で描写するだけでなく、蜘蛛を芸術家になぞらえている。ディキンスンが、糸を出しながら地道に巣を作る、目立たない蜘蛛をモチーフに芸術論を展開した意図は何だったのか。そこで本章では蜘蛛が織り上げる白い巣とその行為が何を象徴するのかを軸に、ディキンスンの詩のテクストと白い織物（テクスチャー）の定義を考察したい。そして最後にディキンスンの言語観との関わりを見出すことにする。

I

　この章の前半は、1行目に"Spider"が入った詩を3編取り上げて、蜘蛛と芸術家の接点を探ることにする。まず初めは513番の詩である。

> The Spider holds a Silver Ball
> In unperceived Hands—
> And dancing softly to Himself
> His Yarn of Pearl—unwinds—
>
> He piles from nought to nought—
> In unsubstantial Trade—
> Supplants our Tapestries with His—
> In half the period—
>
> An Hour to rear supreme
> His Continents of Light—
> Then dangle from the Housewife's Broom—
> His Boundaries—forgot—　　　　（Fr 513）

蜘蛛は目に見えない手の中に
銀色の玉を持つ
そして独りで静かに踊って
自分の真珠の糸をほどく

利益にならない商売で
彼は無から無へとせっせと励む
半時の間に

壁掛けを自分のと取り換える

　　1時間もすると最高の
　　光の領土を築く
　　それから主婦の箒にぶら下がり
　　自分の国境を忘れて

　詩の語り手、ペルソナは一見地味で目立たない「蜘蛛」の行動を注意深く観察しながら、時にはユーモラスな視点で語っている。「蜘蛛」が吐き出す白い糸をペルソナは「銀色の玉」("a Silver Ball")と言い換え、さらに「真珠の糸」("Yarn of Pearl")と表現する。「銀色の玉」も「真珠の糸」も、控えめに輝く白に近いイメージである。これらの表現は、「蜘蛛」の巣を作るための糸を誇張気味ではあるが、より視覚的にイメージするのに効果がある。さらにこれらは「蜘蛛」のことだけでなく、編物や織物に関係する言葉であることが分かる。ここでは家の中で目立たずに存在する生物だけでなく、19世紀当時の女性的な雰囲気をも同時に読み取ることができる。
　しかし「蜘蛛」は美しい自分の糸を使って、「利益にならない商売」に精を出す。しかも「無から無」へと励む。「蜘蛛」の労働が徒労のように見えても、「壁掛け」が完成する。それから最後のスタンザにあるように、「最高の／光の領土」("supreme／His Continents of Light")を築く。「光」は、「銀色の玉」や「真珠の糸」から出た光で、「領土」は「蜘蛛」の巣を誇張気味に表現したものである。一方この「光の領土」を作り上げた「蜘蛛」は、こっけいにも「主婦の箒」からぶら下がり、しかも自分の領土の「国境を忘れて」いる。「蜘蛛」の存在は最後にはちっぽけな存在に変わっている。
　このようにごく簡単に読み解いてみたが、特徴を挙げてみると、「蜘蛛」とそれが作りだすもののアンビヴァレントな関係である。ペルソナは「蜘蛛」をユーモラスにではあるが、その存在にスポットを当てることに消極

的な語りを展開する。ところが「蜘蛛」の創造物の巣については、いくつかの隠喩を使用している。一般的に言うなら蜘蛛の巣は薄汚いところにあり、触ろうとは思わないものだが、ここでは「最高の／光の領土」とまで賞賛されている。「最高の」ものを制作するには努力と時間を要するものだが、「利益にならない商売」とペルソナは手厳しい。しかし「蜘蛛」はせっせとその「商売」に励む。この関係について、何人かの批評家たちが独自の意見を展開している。その中には、この詩をディキンスンの芸術論が暗示されていると捉える意見がある。すなわち「蜘蛛」は、「詩人と芸術家の創造性を表す隠愉」[1]として考えられるというものである。「芸術家」ならばここでは詩人とみなすことが可能だろう。ディキンスンは詩人を「蜘蛛」のように地味で目立たない存在だと考えていたのかもしれない。しかしディキンスンは、詩人が創造する詩というのは、やがては「最高の／光の領土」のように人を引き付けるものになると、確信していたに違いない。しかも「無から無へ」と仕事に励む姿は、詩人が詩作する姿と重なる。なぜなら別の詩で、「無」とは、「『無』は／世界を再び新しくする力のこと」（Fr 1611）とあるように、それが力になって想像力が働き、何か新しいものを生み出す源を詩人に与えるからである。

　詩人が自分の頭の中でテーマを考え、言葉を選んで詩を完成させるという目立たない行動が、「蜘蛛」が巣を作る行為に喩えられている。ならば「銀色の玉」や「真珠の糸」は、詩人にとって欠かせない言葉を表しているのではないだろうか。その珠玉の言葉が詩の織物となり、1つの世界を築き上げるのである。ディキンスンは言葉を美化し、強調している。ディキンスンは常に、「精巧に編まれた言葉のタペストリー」[2]を織るために、孤独な労働に励んでいたと言える。しかし立派に織り上がった後、織物である詩は存続するが、「蜘蛛」と詩人の存在が華々しく注目されることはない。ここではそのことが幾分ユーモラスに語られている。

　「蜘蛛」を詩のモチーフにしているアメリカの詩人はディキンスンだけではない。例えば、"Upon a Spider Catching a Fly" を書いたエドワード・テイラー（1642?–1729）や、18世紀の神学者、ジョナサン・エドワー

ズに言及した詩、"Mr.Edwards and the Spider" を書いたロバート・ローウェル（1917-77）などがいる。ディキンスンにとって身近な人物であるラルフ・ウォルドー・エマーソンも、彼のエッセイの『詩人』の中で蜘蛛について言及している[3]。さらにディキンスンと同時代の詩人、ウォルト・ホイットマンも "A Noiseless Patient Spider" と題する詩を書いている。詩人によって蜘蛛を題材にする意図は様々だと思われるが、セント・アーマンドは、蜘蛛は「一番良くて勤勉のモデル、悪く言えばサタンの小鬼」[4]だと説明している。ディキンスンのこの詩の場合、多少こっけいではあるが、それが「勤勉」さを表す象徴だということが分かる。それでは次に引用するディキンスンの「蜘蛛」の詩は、何を言おうとしているのか。

The Spider as an Artist
Has never been employed—
Though his surpassing Merit
Is freely certified

By every Broom and Bridget
Throughout a Christian Land—
Neglected Son of Genius
I take thee by the Hand—　　　　（Fr 1373)

蜘蛛は芸術家として
雇われたことがない
もっとも彼の優れた功績は
キリストの国中の

箒を持ったあらゆる女中たちによって
自由に保証されるけれども
無視された天才の息子よ

私が汝の手をつかまえよう

　この詩の冒頭にあるように、「蜘蛛」は「芸術家」として登場している。ところが不幸なことに「蜘蛛」は決して「雇われたことがない」とペルソナは語る。しかし「蜘蛛」は雇われたことがなくても、「優れた功績」を持っている。その「優れた功績」が保証されるのは「キリストの国中」の「箒」や「女中たち」によってである。低俗な言い方をするとすれば、「蜘蛛」は他の芸術家や身分の高い人たちに評価されるわけではない。しかしそのような「蜘蛛」にペルソナは「無視された天才の息子」と呼びかけ、「汝の手をつかまえよう」と言う。ペルソナは「蜘蛛」の芸術家としての才能を「天才」だと認めている。ただ認めているだけでなく、ペルソナは「蜘蛛」に対して一種の同族意識を持っているとも考えられる。

　芸術家として才能はあるが、世の中に認められず、賞賛されない「蜘蛛」についてディキンスンが書いたのは、「蜘蛛」の姿に自分自身を重ね合わせていたからではないだろうか。ディキンスン自身も生前に詩集を出版せず、世間からは詩人として認められないまま生涯を閉じた。しかし人目に付かないところで、黙々と自分の詩を創作していた。だからこそ「蜘蛛」に、自分自身を重ね合わせて同情と愛着を感じていたのだろう。

　次の詩も「蜘蛛」が出てくるが、最終スタンザになると突然趣が変わってくる。

　　A Spider sewed at Night
　　Without a Light
　　Opon[5] an Arc of White—

　　If Ruff it was of Dame
　　Or Shroud of Gnome
　　Himself himself inform—

Of Immortality
His strategy
Was physiognomy—　　　　　（Fr 1163）

蜘蛛は夜に明かりもなく
縫物をした
白い弧の上で

それは婦人のひだ襟か
地の精の経帷子か
自分自身が自分自身に知らせる

不滅については
彼の戦略は
観相学だった

　この詩については先程言及したホイットマンの"A Noiseless Patient Spider"（1868）と題する詩が書かれた翌年、ディキンスンがホイットマンと同じように蜘蛛を題材として創造力について書いたと言われている[6]。ここでホイットマンの詩の一部を引用してみる。

A noiseless patient spider,
I mark'd where on a little promontory it stood isolated,
Mark,d how to explore the vacant vast surrounding,
It launch'd forth filament, filament, filament, out of itself,
Ever unreeling them, ever tirelessly speeding them.
　　　　　　　　　　　　("A Noiseless Patient Spider" ll. 1-5)[7]

物音を立てない我慢強い蜘蛛よ

私は注目した、小さな岬の上にそれがぽつんと立っていたのを
　　私は注目した、何もない広大な周囲を探求する方法を
　　それはそれ自体から、糸、糸、糸を出していた
　　それらを繰り出し、疲れることもなく、すばやく繰り出していた

　ここに登場する「蜘蛛」もまた、「物音を立てない我慢強い」生き物として描かれている。そして蜘蛛自身から絶え間なく細い「糸」を吐き出している。だが「蜘蛛」は「疲れることもなく」白い糸を吐き続けている。ホイットマンの詩においては、「蜘蛛」の生態が "filament," という言葉の繰り返しなどによって丁寧に語られているだけでなく、それを見守るホイットマンの温かい眼差しが感じられる。

　話をディキンスンの方に戻すと、ディキンスンの「蜘蛛」もまた、糸を吐き出して巣を作っている。ところがディキンスンの「蜘蛛」は夜に「明かりもなく」縫い物をしている。ここでは自分の体内から糸を出して巣を作る様子が、縫い物に喩えられている。この女性的なイメージは、次のスタンザでも「婦人のひだ襟」("Ruff it was of Dame")として出てくる。ところが「経帷子」を出すことによって、女性的優美さが半減する。さらに "Himself himself inform—" は、アンダーソンが「内的な自己から外的な象徴となる蜘蛛の巣を作る」[8]と説明しているように、作品というのはどのようなものであれ、自分だけの孤独な作業を通じて生み出されるものなのだろう。

　最後のスタンザでは、立て続けに抽象名詞が出てくる。「不滅」については、ディキンスンの詩を理解する上でのキーワードと言える。しかし最後で「観相学」とあるので、読者は頭をひねらなければならない。「観相学」とは人の顔、形から性格などを読み取る学問のことである。新倉俊一氏によると、ディキンスンの「観相学」とは「エクリチュール」[9]を指すという。そして続けて「なにもない『白い孤』の上に織りなす言葉の意匠」[10]だと述べている。つまりはこの「観相学」もまた、ディキンスンの言葉に関係していると考えられる。外見的特徴から人の内面を読み取るように、言葉を

通して人間の内面を探るという解釈が出来るかもしれない。
　これらの考察をまとめると、第1スタンザから第3スタンザまで、それぞれが独立して関連性のないまま終わるのではなく、ディキンスンの詩論が異なる視点で書かれ、構成されていることが分かる。夜に「明かり」もなく「白い孤」の上で巣を作っているのは、ディキンスンが詩人として詩を書く姿と重なる。「白い孤」とは、詩を書く真っ新の紙のことかもしれない。また、第2スタンザで書かれているように、「蜘蛛」は自分の体内から糸を出し、巣を作る。それこそ「これは脳髄の花」("This is a Blossom of the Brain—")（Fr 1112）の詩にあるように、精神を司る人間の脳の中で詩の言葉を考え、選び、詩を完成させるまでのプロセスと類似している。「蜘蛛」も詩人も孤独で地味な仕事に従事している点では共通している。そして両者の陰の努力による作品こそが「不滅」だと、ディキンスンは主張したかったのではないか。
　以上、「蜘蛛」がモチーフとなっている3編の詩を取り上げて、1つ1つ考察を試みた。その結果分かったことは、ディキンスンが「蜘蛛」の行動を、詩人という芸術家としての自分と重ね合わせていたことだ。そして「無」はまさに、「蜘蛛」にとってもディキンスンにとっても創造の源になる。ディキンスンは、まさに「蜘蛛」のように、白い紙の上に黙々と言葉を編み上げて詩を書き続けたのである。

II

　この章の後半は「蜘蛛」のテーマをさらに発展させた詩を取り上げて、ディキンスンの詩と言葉について考えてみたい。ここでもう一度これまでに考察した3編の「蜘蛛」の詩の共通点をまとめてみると、513番では「真珠の糸」や「主婦の箒」など、1373番では「箒」を持った女性が登場し、1163番では「蜘蛛」が縫い物をするなど、19世紀当時の女性的なイメージが見られた。次の681番ではさらに女性的なイメージが多用されている。しかし全体的に女性的な雰囲気が漂いながらも、実は骨太な詩論を展

開している味わい深い詩である。

> Dont put up my Thread & Needle—[12)]
> I'll begin to Sow
> When the Birds begin to whistle—
> Better stitches—so—
>
> These were bent—my sight got crooked—
> When my mind—is plain
> I'll do seams—a Queen's endeavor
> Would not blush to own—
>
> Hems—too fine for Lady's tracing
> To the sightless knot—
> Tucks—of dainty interspersion—
> Like a dotted Dot—
>
> Leave my Needle in the furrow—
> Where I put it down—
> I can make the zigzag stitches
> Straight—when l am strong—
>
> Till then—dreaming I am sowing
> Fetch the seam I missed—
> Closer—so I—at my sleeping—
> Still surmise l stitch—　　　　（Fr 681）

私の糸と針をしまわないでください
鳥たちが囀り始めた時

もっと上手な縫い目で
縫い始めましょう

縫い目が曲がって私の視力が歪んでいますが
私の心がしっかりしている時
女王様の努力に恥ずかしくないような
縫い目をつけましょう

ご婦人が辿るにはとても細かい縁を
目に見えない結び目に変えて
美しく点在した縫いひだが
点々と並ぶように

私が針を置いた溝に
針を置いてください
私が強くなった時には
ジグザグの縫い目をまっすぐにすることができますから

その時まで夢を見ながら縫っています
私が見落とした縫い目を捨っていきます
私が眠っている時に
まだ縫っているように思えますから

　まずこの詩の特徴を大まかに説明すると、第1スタンザと第4スタンザの初めで、ペルソナは切羽詰った命令口調で語っている。そしてこの詩全体が「針」、「糸」、「縫い目」といった裁縫のイメージで占められている。これらは何を表す隠喩なのか、考察する必要がある。
　考察を行う前段階として、この詩の問題点に触れなければならない。その問題点とは、第1スタンザの"Sow"についてなぜ縫うという意味の

動詞 Sew ではなくて種を蒔くという意味の同音異義語 "Sow" が使用されているのか、ということである。1955年に出版の *The Poems of Emily Dickinson* を編集した、T. H. ジョンスンは "Sow" が縫うという意味の "Sew" の間違いだと指摘している[13]。しかしディキンスンが意図的にこの単語を選択したとも考えられる。この問題点を解明するために、何人かの批評家たちの見解を参考にしたい。ジョン・スモールやシンシア・ウルフは、T. H. ジョンスンのコメントに言及しながら、それは第4スタンザの "furrow" と関連付けるためだと説明している[14]。確かに "furrow" には、種を蒔くのに必要な畑や土地という意味もあるので、種を蒔くの "Sow" とは関連性があり、差し支えない。しかしまだ全体的な調子から考えても、これらの言葉には違和感がある。スモールはさらに "furrow" が、「溝、列、書いている時の行も意味する[15]」とまで述べている。1998年出版の *An Emily Dickinson Encyclopedia* の中に "AMBIGUITY" という項目があり、そこにこの詩が言及されている。その中で、"Sow" がスペルミスなのかどうかは曖昧であると書かれた上で、"furrow" との意味付けで、種を蒔くことと縫い物をすることを、詩の隠喩として同化させる巧みな意図があるのでは、と記されている[16]。よって "furrow" という言葉には、詩さらには言葉を暗示する要素がある、と解釈を拡大することが可能だろう。種を蒔くこと自体は、発芽して成長して実になるというプロセスの中での最初の行為を示す。その後最終的に実がなることを想定して、地道な労働を続ける。ディキンスンが詩のテーマを考え、言葉を選んでは何度も書き換え、やがて1編の詩を完成させることと、畑仕事とは全く異なる領域のように思える。しかし最後に立派なものとして完成するまで、苦労や黙々とした作業が大切だということは、両者も同じだと推測できる。こう考えると、種を蒔くという意味の "Sow" は曖昧ではあるが、単なるスペルミスとは断定できない意表を付く意味が潜んでいることが分かる。

次に、裁縫のイメージについて考察したい。第1スタンザのペルソナの語りから、ペルソナが針仕事に夢中になっているのが想像できる。しかし第2スタンザでは、ペルソナの視力が「歪んで」正常ではないために、縫

い目が曲がると述べられている。それにもかかわらず、心が落ち着いたときには、きちんとした縫い目になるだろうと語っている。さらにペルソナは"Queen's"という豪華な雰囲気を醸し出す言葉を使って、それに匹敵するものになるだろうと誇張気味に話す。その次のスタンザでも、「ご婦人が辿るにはとても細かい縁」を「美しく点在した縫いひだ」で縫い上げるのだと言っている。だから今は上手に縫えなくても、「針」をしまわないで欲しいと嘆願する。第1スタンザから第5スタンザまで、終始裁縫というイメージに統一されてはいるが、目の状態が良くないために、不揃いな縫い目になるという不安定な要素が内在している。ヘレン・マクニールは、この詩にはディキンスンの目が見えなくなるのではないかという恐怖が根底にあると断言している[17]。実際、ディキンスンは、目の病気を治療するためにアマーストを離れていたことがあって、時期的にもこの詩の創作の頃でもあり[18]、かなりの苦痛を経験していた。ディキンスンにとって目に異常があることは縫い物だけでなく、自分の詩さえも書けない不安と絶望を表す。ディキンスンは別の詩で、次のように書いている。

  Before I got my eye put out
  I liked as well to see—
  As other Creatures, that have Eyes
  And know no other way—   （Fr 336A, stanza 1）

  私は目を取り出してもらう前に
  よく見ておきたかった
  目を持っているが、他に方法を知らない
  他の生き物たちのように

引用のスタンザと同様に、681番も「個人的危機」[19]を告白した詩なのかもしれない。さらにマックスィーニーは681番について、ディキンスンの目の問題が根底にあるだけでなく、詩のテクストというテーマにも関係が

あるとまとめている[20]。さらに「ジグザグ」した「縫い目」は、韻律的にも文法的にも、当時の詩のスタイルから逸脱していたディキンスンの詩を表すメタファーだと指摘している[21]。マックスィーニーの意見はディキンスンの詩の特徴を捉えていて説得力がある。確かにディキンスンの詩は、韻律も不完全で文体も極端に圧縮されている上、時には大胆な隠喩を用いる。だからディキンスンは自分の詩のことを、均一な「縫い目」ではなく、「ジグザグ」した「縫い目」に喩えている。ここで考えられることは、ディキンスンにとって針仕事は詩作と同じで、針仕事が「視覚的な芸術」[22]だとすれば、詩作も同様に「視覚的な芸術」だと言える。つまり針と糸を使って1枚の織物（テクスチャー）を縫い上げるように、詩人は言葉を繋ぎ合わせてテクストを織り上げる。ならばディキンスンのテクストは、模様がパターン化されていないかと言えばそうではない。ディキンスンの織物は独特の模様を形成する。詩の中に見られる隠喩や直喩が織り目のアクセントになっている。さらに681番は、第4スタンザの3行目から第5スタンザまで、"s"で始まる単語を多用して、力強い調子で締めくくっている[23]。目立たないけれども、詩のテクニックが随所に織り込まれている。

　最後にこの詩における女性的なイメージについて考察する。ギルバートとギューバーによると、針仕事は中心的には女性を表す隠喩で、特に19世紀の女性たちは刺繍をしたり、キルトを縫ったり、レースを作ったりと多くの針仕事をしていたので、きっとディキンスンも針仕事に親しんでいて、自分の詩の中にアレンジしやすかったのではないかと主張している[24]。ディキンスンにとって針仕事が身近なのは、針と糸を使って詩を束ねて小冊子、いわゆるファッシクルを作ったことからも理解できる[25]。さらにディキンスンが敬愛していたイギリスの詩人、エリザベス・バレット・ブラウニング（1806–61）が書いた物語詩 *Aurora Leigh*（1857）を愛読していたことも1つの原因だと思われる。エリザベス・バレット・ブラウニングは次のように書いている。

By the way,
　The works of women are symbolical.

We sew, sew, prick our fingers, dull our sight,
Producing what? [...].　　(*Aurora Leigh* First Book, ll. 455-458)[26]

　　　　　　　　ところで、
女性の仕事は象徴的である。
私たちは縫って、縫って、指にチクッと刺して、目がぼんやりして
何を作っているのだろう？……。

　ディキンスンはこういった縫物をする場面を頭の中で描き、自分の詩に活用したのだろう。ディキンスンの読書体験もまた、彼女のテクスチャーの要素となっている。
　最終スタンザも不可解な要素が残っている。"Till then" とは縫い目がまっすぐになること、すなわち言葉を選んで試行錯誤を重ねて詩を完成させ、いつかは読者に読まれるまでを指している。そのことを期待しながら今は地道に詩作を続けることを決意して、この詩は終わる。また最後から2行目の "my sleeping" について、sleepには死ぬ、永眠するという意味もあるので、自分の死後も縫い物の作業が続く、すなわち詩人の死後も詩が読まれ続けていくことも意図していたと考えられる。高飛車な解釈だが、ディキンスン自身は密かにそれを願っていたのかもしれない。だからディキンスンは一針一針思いを込めて縫い目を繋いだ。それはあたかもディキンスンが紙の上に言葉を書き記したのと同じだと思われる。たとえ目の病気が悪化しても、紙とペンを取り上げられることは、詩が書けなくなることを示し、それこそディキンスンにとっていちばんの恐怖を味わうことになる[27]。ディキンスンは縫い針を書く道具に、布地を紙に、縫い目を詩の言葉を表す隠喩としてこの詩を書いた。従ってこの詩はこれらの重層的な隠喩により、ペルソナはディキンスンの実像に近いものとなっており、さらには彼女の詩や言葉といった詩論にまで解釈を許容している。

III

　この章の前半では、「蜘蛛」が出てくる詩を3編考察した。考察の結果、「蜘蛛」には詩人、エミリィ・ディキンスンの姿が重なる。そしてこれらの詩にも、言葉の存在が見え隠れしていることが分かる。すなわち暗い所での「蜘蛛」の行動は目立たないが、こつこつと「無」の状態から「タペストリー」を織り上げる。その織物を「テクスチャー」という用語に置き換えるとすれば、ディキンスンの場合、言葉から成る「テクスト」と言える。テクストの理論については、これまでに様々な解説が試みられているが、元々「織物」の意味を持つテクストは、隠喩との繋がりが濃い[28]。従ってテクストを読むとは、隠喩を読むことになる。詩のテクストの場合、1つの意味だけを提示するわけではない。なぜならテクストとは「たえず織られてはほどかれる無限の意味の織物」[29]だからである。681番の場合、織物のイメージに種を蒔くという隠喩が織り込まれることによって、ディキンスン独特の詩論が暗示されるという解釈の広がりが可能となった。「蜘蛛」の詩も同様に、表面的には「蜘蛛」の何気ない仕草が語られている。しかし編まれたテクストを透かして見ると、ディキンスンという詩人像が浮かび上がってくる。このような解釈の多様性、重層性はディキンスンの他の抽象的なテーマの詩にも見られる。

　そしてさらにディキンスンにとって言葉はいかに大切かが理解できる。ディキンスンは詩を書く時、沢山の言葉の中から選んでは捨て、書いては書き直すという地味で粘り強い作業を通して、1編の詩を完成させた。たとえ見た目には美しく整った詩とは言い難くても、1つ1つの言葉は強い生命力を持つことをディキンスンは信じていたのではないだろうか。だから「蜘蛛」が自分の体内から白い糸を出して巣を織り上げたように、ディキンスンは言葉を使って詩のテクストを織り上げた。時には針を使って美しい布地を作ったが、考察したように苦しい状況が左右して縫い目が歪んでしまう。しかし縫い目がまっすぐになった時には、読者が自分の死後

も詩を読み続けてくれることを願ったのではないか。選び抜かれた言葉によって構成される詩こそが、詩人の死後もなお生き続けることを願って。考察した詩からは、ディキンスンがいかに言葉を大切にし、それを不滅のものと認めたかが読み取れる。ディキンスンはそのことを密かに熱望しつつ言葉という縫い目に思いを込め、暗がりで働く地味な「蜘蛛」のようにこつこつと詩を書き続けた。まさにディキンスンの1800編近くもの詩は、努力と苦労が織りなす言葉の「タペストリー」であり、今後も読者の関心を引き続けていくだろう。

［注］

1) James Olney, *The Language (s) of Poetry: Walt Whitman, Emily Dickinson, Gerard Manley Hopkins*（Athens: U of Georgia P, 1993）61.
2) Barton Levi St. Armand, *Emily Dickinson and Her Culture: The Soul's Society*（New York: Cambridge UP, 1984）34.
3) Ralph Waldo Emerson, "The Poet," *The Complete Works of Ralph Waldo Emerson*, ed. Edward Waldo Emerson（New York: AMS P, 1968）19.
4) St. Armand 34.
5) フランクリン版では、uponが"Opon"になっている。ジョンスン版では"Upon"となっている。
6) Agnieszka Salska, *Walt Whitman and Emily Dickinson: Poetry of the Central Consciousness*（Philadelphia: U of Pennsylvania P, 1985）78.
7) Walt Whitman, *Leaves of Grass*, eds. Sculley Bradley and Harold W. Blodgett（W.W. Norton, 1973）450.
8) Charles Roberts Anderson, *Emily Dickinson's Poetry: Stairway of Surprise*（Westport: Greenwood P, 1960）126.
9) 新倉俊一『エミリー・ディキンスン――不在の肖像』（大修館書店、1989年）113.
10) 新倉俊一 113.
11) Salska 80.
　　この詩に関しては、拙論「音楽、演劇、花――エミリィ・ディキンスンのメタ言

語」(『人文論究』第49巻第4号、関西学院大学人文学会、2000年2月10日)を参照。
12) Don't と同じ。ジョンスン版やフランクリン版では、アポストロフィーがない。
13) T. H. Johnson, *The Poems of Emily Dickinson*, 475.
14) Judy Jo Small, *Positive as Sound: Emily Dickinson's Rhyme* (Athens: U of Georgia P, 1990) 160-161. Cynthia Griffin Wolff, *Emily Dickinson* (Reading: Addison-Wesley Publishing Company, 1986) 208.
15) Small 162.
16) Jane Donahue Eberwein, ed., *An Emily Dickinson's Encyclopedia* (Westport: Greenwood P, 1998) 3-4.
17) Helen McNeil, *Emily Dickinson* (London: Virago P, 1986) 158.
18) ディキンスンの目の病気に関する詩は、拙論「エミリー・ディキンソンの『暗闇』へのヴィジョン」(『英米文学』第41巻第2号、関西学院大学、1997年)を参照。
19) Elizabeth Phillips, *Emily Dickinson: Personae and Performance* (University Park: The Pennsylvania State UP, 1988) 72.
20) Kerry McSweeney, *The Language of the Senses: Sensory—Perceptual Dynamics in Wordsworth, Coleridge, Thoreau, Whitman, and Dickinson* (Montreal & Kingston: McGill-Queen's UP, 1998) 150.
21) McSweeney 150.
22) Wolff 207.
23) この詩の第5スタンザについての解釈は、日本エミリィ・ディキンスン学会第16回大会(2000年6月17日、於:駒沢大学)の研究発表で岡山大学の古川隆夫先生から貴重なご意見をいただいた。
24) Sandra M、Gilbert and Suzan Gubar, *The Madwoman in the Attic: The Woman Writer and the Nineteenth-Century Literary Imagination* (New Haven: Yale UP, 1979) 639-640.
25) Gilbert and Gubar 640.
26) Elizabeth Barrett Browning, *Aurora Leigh*, ed. Margaret Reynolds (W.W. Norton, 1996) 19.
27) これと同じようなことを、ディキンスンは手紙の中で書いている。Thomas H Johnson and Theodora Ward, eds., *The Letters of Emily Dickinson* (Cambridge, Massachusetts: The Belknap P of Harvard UP, 1958) No. 290.
28) 冨原芳彰編『文学の受容——現代批評の戦略』(研究社出版、1985年) 45-46.
29) 『文学の受容』47.

第3章

ディキンスンの冬の詩

　詩人、エミリィ・ディキンスンが、自分自身の好きなものとして、「最初に詩人、それから太陽／それから夏……」(Fr 533) と詩の中で書いているように、彼女がいかにこの季節を好んでいたかが分かる。それとは対照的に、ディキンスンの詩の中の「冬」は、ネガティヴなものを象徴する季節として見なされてきた。533番の詩の一部が示しているように、彼女にとって、夏がもっとも好きだったことが想像できる。それは、後の章で考察するように、夏をテーマにした詩が多く残っていることからも証明できる。しかし、それとは反対の季節の冬についても、彼女は大きな関心を表している。冬と言えば、彼女が好きな夏の季節とは裏腹に、寒さの厳しい季節である。しかし、ロバート・フロストやウォレス・スティーヴンズなどのニューイングランドの詩人たちは、冬、とりわけ「雪」をモチーフとした有名な詩を数々書き残している。例えば、フロストは、"Stopping by Woods on a Snowy Evening" という詩、スティーヴンズは、"The Snow Man" という詩、詩という形式ではないが、ヘンリィ・ディヴィッド・ソローはウォールデン湖畔での滞在中に体験した冬の様子を鮮やかに書き記している[1]。

　話をディキンスンに戻せば、彼女も夏に次いで冬に関する詩を多く書いている。本章では、冬という季節を背景に、白をイメージする「雪」の詩を織り交ぜながら、彼女の複雑な冬へのイメージを解きほぐし、白のさらなる世界を広げていくことを目的とする。

I

　まず、『エミリ・ディキンスン事典』によれば、彼女は「冬」という言葉を彼女の1800編近い詩の中で、30回使っている[2]。これは、彼女が熱愛した「夏」という言葉の回数、145回[3]には到底及ばないが、「冬」に対しても少なからず興味を持って詩の題材にしていたことが分かる。ところが、ディキンスンの場合、「夏」という季節に比べて「冬」は2、3編の詩を除いて、ネガティヴな季節に捉えている。同時にまた、これらの詩はどこか無機質でそのうえ至極難解である。これらの詩は難渋でありながらも、ディキンスンの詩の特質を探るうえで、欠くことができない要素が含まれていることも事実である。本章では、「冬」に欠かせないモチーフである雪を中心に、その色が表す詩的効果を探ることにする。
　まず初めに、291番の詩から読むこととする。

　　It sifts from Leaden Sieves—
　　It powders all the Wood.
　　It fills with Alabaster Wool
　　The Wrinkles of the Road—

　　It makes an even Face
　　Of Mountain, and of Plain—
　　Unbroken Forehead from the East
　　Unto the East again—

　　It reaches to the Fence—
　　It wraps it Rail by Rail
　　Till it is lost in Fleeces—
　　It deals Celestial Vail

To Stump, and Stack—and Stem—
A Summer's empty Room—
Acres of Joints, where Harvests were,
Recordless, but for them—

It Ruffles Wrists of Posts
As Ankles of a Queen—
Then stills it's Artisans—like Ghosts—
Denying they have been—　　　　　（Fr 291A）

それは鉛色のふるいからふるい落とすと
森をみんな粉で覆う
それは雪花石膏の毛糸で
道路の皺を埋めてしまう

それは山や平原の
顔を平らにする
その途切れることのない額は
東からまた東へと繋がる

それは垣根に到達し
横木を次々と覆い
やがて羊毛の中へと無くなってしまう
それは天上のヴェール

切り株に、麦わらの束に、草の茎に
夏の誰もいない部屋に
かつては収穫のあった畑の継ぎ目に
しかし収穫がなければ、記録が残らない

それは円柱の手首にひだ飾りを付け
女王様のくるぶしのようにする
それからその熟練工たちを、幽霊のように黙らせる
そこにいたことを打ち消すかのように

　この詩全体を通読した時に、行頭の代名詞 "It" が畳み掛けるように現れるため、読者は謎めいた印象を受ける。さっそくここで種明かしをすると、これは1981年の『詩集』に掲載された詩であるとともに、"The Snow" というタイトルが付けられた詩であることが分かっている。[4]つまり、ここでの「それ」は、「雪」そのものであると断言できる。しかし、この代名詞と動詞を多用しているにもかかわらず、接続詞を使用せずに次々とメタファーが繰り出されていく。最後までじっくり言葉の意味とメタファーを解読しなければ、この詩は謎のままで終わってしまう。
　では、この詩を第1スタンザからじっくり読み進めていく。「鉛色のふるい」から落ちてくる「それ」は、「森をみんな粉で覆う」。そして、「雪花石膏の毛糸で／道路の皺を埋めてしまう」とある。ここで、うすうすと状況を把握できる。つまり、「道路の皺を埋め」る大きな「鉛色のふるい」とは、雪をため込んだ厚い雲だと仮定できる。なぜなら、「雪花石膏の毛糸」とあるように、これは白い色をしてふわりと積もった雪の塊であることが分かってくる。さらに、「ふるい」、「粉」、「毛糸」という隠喩から、家事をこなす女性のイメージをも想像できるのである。
　そして、第2スタンザでは、雪である「それ」は、「山」や「平原」の「顔」を「平らにする」とある。やがて、降り積もる雪によって、雪原地帯が延びて広がっていくのである（"from the East ／ Unto the East again"）。ここでは、なだらかに降り積もった「山」や「平原」がでこぼこした「顔」を持つ人に喩えられている。それから次のスタンザで、雪は「垣根」まで「到達し」て「横木を次々と覆い」尽くす。その様子が、「羊毛の中へ」溶け込むようだと表現されている。
　雪はさらに第4スタンザにあるように、様々な自然の情景を雪景色へと

一変してしまう。第4スタンザでは、"S"で始まる単語を多用するアリタレーションの技巧が印象的である。ここでは、詩の技巧とともに、季節感を喚起する描写が圧巻である。つまり、「夏」の名残さえも、雪は覆い尽くしてしまう。そして、最後のスタンザでは、「円柱の手首」や「女王様のくるぶし」のようだと述べられている。「手首」や「くるぶし」という言葉が示すように、ここでも人間の体の一部が使われている。最後に、降り積もった雪の静けさを喩える様子が描かれている。その様子が「幽霊」のように、「そこにいたことを打ち消すかのように」と表現されている。つまり、まるで「幽霊」のように、「熟練工」の気配を感じさせずに降り積もる雪の夜の情景で締めくくられている。真綿のような雪と夜のしじまとが調和して、1つの情景を作り上げている。まさにそこは、白と黒のモノトーンの世界である。また技巧的には、ここのスタンザで初めて、"As.""like"といった直喩が見受けられる。

このようにこの詩からは直接、雪やその「白」という言葉が顕在することはないものの、隠喩や直喩やアリタレーション、そして脚韻などの詩の技巧が極限にまで活用されている結果、読者は音もなく降り積もる雪と、その白い世界に思いを馳せることができるのである。

しかしながら、ディキンスンの夏の詩とは逆行して、冬に関する詩は、内容が複雑で理解しづらい。彼女の代表的な冬の詩を考察する前に、次の書簡の一部を見てみよう。

> Summer went very fast— […] — I shall have no winter this year—on account of the soldiers—Since I cannot weave Blankets, or Boots—I thought it best to omit the season—　　（No. 235)[5]

> 夏が早く行ってしまった―［……］―今年は冬はいらないわ―兵士たちのためにも―だって毛布やブーツを編むことができないから―その季節を省くのが一番だと思ったの―

ここで引用した個所は、ディキンスンが過ぎ行く夏を悲しみ、そして「今年は冬はいらないわ……その季節を省くのが一番」という件から、冬という季節に関する一種の嫌悪感がにじみ出ている。それは、次の詩が実証している。

If I could bribe them by a Rose
I'd bring them every flower that grows
From Amherst to Cashmere!
I would not stop for night, or storm—
Or Frost, or death, or anyone—
My business were so dear!

If they w'd linger for a Bird
My Tamborin were soonest heard
Among the April Woods!
Unwearied, all the summer long,
Only to break in wider song
When Winter shook the boughs!　　　(Fr 176, 1-2 stanzas)

もし私が1本の薔薇で彼らに賄賂を贈るなら
私はアマーストからカシミヤまでの間に
成長するすべての花を彼らに持っていきましょう
私は夜の時でも、嵐の時でも
霜の時でも、死の時でも、誰が来ても止めることはないでしょう
私の仕事は大変貴重なのですから！

もし彼らが1羽の鳥のためにぐずぐずするなら
私のタンバリンは4月の森の中で
すぐに聞こえるでしょう！

夏の間中、ずっと疲れることなく
冬が枝を揺する時に
荒々しい歌の中でにっこり微笑んだだけです！

「夜」、「嵐」、「霜」や「死」のような現象が、ペルソナの「仕事」を妨げる。なぜなら詳細には分からないものの、この「仕事」は申し分のないものだからである。「冬」は冷たい一陣の風のように描かれている。つまり、不利な状況を象徴する季節である。それでもペルソナは、厳しい「冬」の中の険しい道を歩んでいかなければならない（「私は夜の時でも、嵐の時でも／霜の時でも、死の時でも、誰が来ても止めることはないでしょう」）。ペルソナにとって、「冬」の厳しさこそが、揺らいだ気持ちを揺るぎない決意へと鍛錬してくれるのである。

次の1374番の詩は、「冬」に対する逆説的な感情を表現している。

Winter is good—his Hoar Delights
Italic flavor yield—
To Intellects inebriate
With Summer, or the World—

Generic as a Quarry
And hearty—as a Rose—
Invited with asperity
But welcome when he goes. 　　　（Fr 1374）

冬は良い—その霜に覆われた喜びが
夏やこの世に
酔った知識人に
イタリック体の風味を醸し出す

採石場のように一般的で
薔薇のように愛情がこもっている
荒々しく招かれるが
去る時には歓迎される

　第1行目で「冬」は、「イタリック体の風味」を醸し出す「良い」季節だと見なされている。"Italic," "Intellects" は詩の文字や知性を暗示している。ここでは、「冬」もまた「夏」のように、創造的なインスピレーションを駆り立てる季節だと言える。時には、「冬」でさえも「薔薇」のような輝かしい季節になりうると、誇張されている。7行目が示すように、「荒々しく招かれる」のは、人々がこの厳しい季節を乗り越えなければならないことを暗に示している。逆説的にもこの季節が終わる頃になると、擬人化された「彼」である「冬」は、人々に歓迎される。「冬」の終わりには、イギリスのロマン派詩人、シェリーが詩で書いたように、厳しい「冬」に耐えた後には、「春」がすぐそこに待ち受けているのである。「春」は人々に、厳しい「冬」を耐えた見返りとしての希望の「光」をもたらしてくれるのである。
　次に考察する詩は、ディキンスンの詩の世界を理解する上で欠かせない作品である。

There's a certain Slant of light,
Winter Afternoons—
That oppresses, like the Heft
Of Cathedral Tunes—

Heavenly Hurt, it gives us—
We can find no scar,
But internal difference—
Where the Meanings, are—

None may teach it—Any—
'Tis the Seal Despair—
An imperial affliction
Sent us of the Air—

When it comes, the Landscape listens—
Shadows—hold their breath—
When it goes, 'tis like the Distance
On the look of Death—　　　　　(Fr 320)

冬の午後には
ある斜めに差す光がある
それは大聖堂の調べの重みのように
重くのしかかる

天の傷をそれは私たちに与える
私たちは何の傷跡も見つけられない
しかし内側の違いを見つけることができる
意味のあるところでは

誰もそのことを教えてくれない―誰も
それは絶望という封印
大気について私たちに送られた
最高の苦悩

それがやってくると風景は耳を傾ける
影は息をひそめる
それが行ってしまうと、それは死の表情の上で
よそよそしさのようになる

一見したところ、この詩は「冬の午後」における外界の場面に焦点を当てている。それにもかかわらず、「ある斜めに差す光」は荘厳な雰囲気だけではなく、異質な雰囲気をも醸し出している。なぜなら、「大聖堂の調べの重みのように」人の心に重くのしかかるからである。ここでペルソナは直接的に「神」への言及は避けているものの、宗教的な雰囲気が第2スタンザから第3スタンザまで浸透している。この重々しい雰囲気が、人間の内的な世界または心理状態まで重くのしかかっている。「天の傷」があまりにも痛手が大きいため、だれもその難解な正体を説明することができない。「誰」もそのことを教えてくれないのは、1人も「最高の苦悩」を明らかにすることができないからである。この"An imperial affliction"は究極の死の苦悩を包含するフレーズである。擬人化された「風景」や「影」は一言も発せずに動かなくなる（「風景は耳を傾ける／影は息をひそめる」）。ここでは、さらに"Heavenly Hurt"や"An imperial affliction"が撞着語法[6]となって、陰鬱な雰囲気をより一層高めている。最後にペルソナは、「死」のような「絶望」を経験する。それこそ人間にとって究極のあるいは人生最後の苦悩である。

　我々はこの詩を一読しただけでも、難渋な解釈に戸惑う。この詩の結論は、ポーラ・ベネットが述べているように、「多様な曖昧さ[7]」を残していて、いくつかの疑問を我々読者に投げかけてくるからだ。「冬」の光はとても低い角度で差し込み、さらには大文字化された"Slant"が「冬」の自然現象を顕在化している。そして、ディキンスンは"Weight"ではなく、見慣れない"Heft"採用している。この単語の選択については、見慣れない言葉を使用することで読者の関心を高め、「冬」の底知れない側面を伝えることに役立つだろう。さらに代名詞「それ」の繰り返しの使用は、詩の全体をとおして読者に不確かなイメージを与えるのに貢献している。最後の2行では、"Distance"や"Death"など、同じ"D"の音で始まる単語を使うことで、意味的にも不安感が充満するような終わり方となっている。このように、ディキンスンが工夫を凝らした一連の言葉の選択からも分かるように、人間自身の計り知れない心の闇や、希望のない状況、すな

わち人間の「死」というものを「冬」の負の側面を使うことで、巧みに表現していると言える。

　ディキンスンは夏の詩と同様、冬の銀世界と言えるものをうまく言葉で描いている。しかしながら、「冬」は人間の試練、絶望、死を表す隠喩となることがある。また一方で、冬になれば次の季節を待ち侘び、それへの淡い期待を寄せることができるのである。

II

　ディキンスンの冬の詩は、ネガティヴな隠喩として使用されることが多いが、時には美的で感傷的な風情を持つ詩もある。ここからは、これまで考察した詩とは一変した内容の詩を選んで論述することにする。まずは、ディキンスンが40代の頃に書かれたとされる次の詩からである。

'Twas later when the summer went
Than when the Cricket came—
And yet we knew that gentle Clock
Meant nought but Going Home—
'Twas sooner when the Cricket went
Than when the Winter came
Yet that pathetic Pendulum
Keeps Esoteric Time.　　　　（Fr 1312）

蟋蟀がやって来るよりも
夏が去ったのは遅かった
しかし私たちはあの優しい時計が
家路に着くこと以外は何も意味しないことを知っていた
冬がやって来るよりも
蟋蟀が去るのは早かった

しかしあの哀愁を帯びた振り子は
深遠な時を刻んでいる

　この短い詩は、「蟋蟀」の観察を通して1年のサイクルを物静かに語っている。「蟋蟀」は夏の終わりから秋にかけてかすかな音色を響かせる。それを耳にする人たちは、夏から秋への季節の移り変わりを感じるのである。詩の方に目を向けると、「夏」("summer")と「冬」("Winter")が出てくるが、「冬」という単語のみ大文字で始まっている。それは、「蟋蟀」は冬が来るよりも圧倒的に早く姿を消してしまうためと、「冬」の到来の早さを強調するためだろう。さらに、「哀愁を帯びた振り子」は、「優しい時計」の提喩とみなすことが可能であり、しかもそれは休むことなく時を刻んでいる。最後の行の「深遠な」という形容詞が、この詩を神秘的な雰囲気で包み込んでいる。その結果、この詩はそれぞれの季節の短い期間を超えた、循環する四季のサイクルを静謐な調子で物語っているのである。
　次の520番の詩は、秋に咲く「竜胆」の花が中心になっている。

God made a little Gentian—
It tried—to be a Rose—
And failed—and all the Summer laughed—
But just before the Snows

There rose a Purple Creature—
That ravished all the Hill—
And Summer hid her Forehead—
And Mockery—was still—

The Frosts were her condition—
The Tyrian would not come
Until the North—invoke it—

Creator—Shall I—bloom?　　　　　（Fr 520）

神様は小さな竜胆を作られた
竜胆は薔薇になろうとしたが
失敗した、だから夏がいっせいに笑った
しかし雪が降るちょうど前に

丘をうっとりさせる
紫色の生き物が現れた
だから夏はその額を隠し
嘲りは静まった

霜が条件だった
北風が竜胆に呼びかけるまで
赤紫色は現れようとしなかった
神様、私は花開くのでしょうか？

　「神様」が作った「小さな竜胆」は「薔薇」になろうとしたが、その努力は無駄となる。「薔薇」はその華やかな外観から数多くの人々を魅了するが、それに比べて「竜胆」は地味であまり目を引く花ではない。それゆえ、この詩の中では、「夏」はまるで場違いであるかのように、「竜胆」の努力をあざ笑っている。しかし、4行目以降になると、状況は様変わりする。「紫色の生き物」、すなわち、「竜胆」は、雪の季節の前には全ての「丘」を虜にする。だから、過ぎ去った季節である「夏」は恥ずかしさで「額を隠し」、周囲の「嘲り」は静まり返る。いよいよ「竜胆」は見事に開花する。その開花の条件は、秋から冬に特有の「霜」である。「竜胆」の「ティリアン」[8]パープルは、北風が吹くまで見られない。その風は、寒さの厳しい季節であることを暗示する。とうとう最後の行でペルソナの「私」は、毅然とした調子で「神様」に呼びかけるのである。ところがペルソナが「神

様」に開花が許されるのかどうかは語られず、曖昧なままである。

　ディキンスンの詩の中に出てくる色の名前を示す単語には、注視しなくてはならない。「紫」という色は、「肉付きの良い桃色や鮮明な赤色や薔薇の黄色というより、処女性や王権に関係する色」[9]であり、ディキンスンの詩の中でもよく見かける色である。例を挙げると、ディキンスンにとってその色（紫色）は「女王様の色」（Fr 875）だと主張している。

　ここで重要になってくるのは、「小さな竜胆」が開花するベストな季節とは、秋から冬にかけての期間であるということだ。この紫色の「秘めた力」[10]が「夏」を圧倒し、逆境の中にあっても存在感を示すのである。

　もう1つの読み方としては、この「小さな竜胆」こそがディキンスン自身だと考えることが可能である。ディキンスンは、「冬」の季節あるいは詩人として認められないような困難な状況であっても、独立した詩人になろうと決意していたに違いない。この詩は、真の詩人というものは、彼女が困難な状況にいる時こそ、その真価が問われることを語っている。こうして詩のペルソナは、独立した、自尊心のある詩人としての決意を、目立たない花のモチーフに託してディキンスンを代弁して表現しているのである。

　それでは、次の小さな詩に目を向けてみよう。

　　　Winter under cultivation
　　　Is as arable as Spring　　　　　（Fr 1720）

　　　耕作された冬は
　　　春と同様、耕作に適している

　この2行詩は、大変簡潔なスタイルとなっている。内容としては、何かが始まる兆しを暗示している。しかも、最初の単語は「冬」という言葉、そして最後に「春」という単語で結んでいる。"cultivation"は植物を育てることと関連している。本来、「春」は「冬」の後にめぐってくる季節である。よってここでの「冬」は何かが成長して収穫されるまでのプロセス、

すなわち「春」を予兆する季節なのである。
　ディキンスンにとって、「冬」は次の詩が示すように、たくさんの可能性を感じさせる季節であることが分かってくる。

　　White as an Indian Pipe
　　Red as a Cardinal Flower
　　Fabulous as a Moon at Noon
　　Febuary [February] Hour—　　　　　（Fr 1193)

　　ギンリョウソウモドキのように白く
　　ベニバナサワキキョウのように赤く
　　正午の月のように伝説的な
　　2月の時

　この詩によると、「冬」、特に「2月」は、輝かしくて神秘的な月である。なぜならこの時期になると、春の兆しを感じられるからである。これは、ディキンスンも首肯する意見だろう。なぜなら「冬」は彼女の詩的想像力を刺激して、誰にも真似ができない自分の詩を書く動機を提供してくれるからである。言い換えれば、たとえ「冬」のように厳しい状況に直面しても、「冬」という可能性が秘められた季節は、彼女の透徹した精神を涵養する大きな源になっている。

Ⅲ

　この章では、ディキンスンの「冬」をテーマにした詩を考察してきたが、この季節については、大きく2つのポイントが含まれていることが分かってきた。1つ目のポイントは、ディキンスンが「冬」をネガティヴなイメージを持った季節として、詩の中で描いていることである。それは、320番の詩を考察して明らかになったように、「冬」は「絶望」と言ったマイナ

スの側面になぞらえられるような厳しい要素を持っているということである。また、春と夏が、開花と成長の季節であるのに対して「冬」は、静止または終焉の季節だと言える。

しかし、この負の要素だけでなく、この章の後半で考察したように、「冬」はもっとも寒さの厳しい時期であるゆえに、詩人の精神を鍛錬し、それによって想像力を駆使して模索する術を得ることができる。そして、「小さな竜胆」のように、逆境に折れない自己を確立することが可能となる。また、詩人シェリーのように、遠からずやって来る春の訪れを期待することができるのである。[11]

こうしてディキンスンにとって、「冬」はメリットとデメリットを含む季節である。一方、「冬」は動植物が活動しない静止の季節である。「冬」に降る「雪」は景色を白く一変させる。まさにそれは、詩的想像力を養う上で最も適した色であり、詩的想像力を涵養する上で最もふさわしい色彩なのである。さらに、「冬」は、他の季節よりも精神力の強い詩人へと育み、実りある詩作への素地を固める上で欠かせない季節であることが分かる。

[注]

1) Henry David Thoreau, *Walden and Civil Disobedience* (Harmondsworth: Penguin Books, 1986). この作品の中で、ソローは冬と関連する章を挿入している："Former Inhabitants; and Winter Visitors," "Winter Animals," and "The Pond in Winter." そこでは、ソローは、冬のウォールデン湖畔での生き生きした体験を綴っている。

2) Jane Donahue Eberwein, ed, *An Emily Dickinson Encyclopedia* (Westport: Greenwood P, 1998) 260-261.

3) *An Emily Dickinson Encyclopedia*, 260-261.

4) R. W. Franklin, ed., *The Poems of Emily Dickinson*, 3 vols. (Cambridge: The Belknap P of Harvard UP, 1998) 311-314, No. 291.

5) Letters, No. 235.

6) 松本明美、"'There's a Certain Slant of Light': A Study of Emily Dickinson's Winter Poems"『関西福祉科学大学紀要第 11 号』（関西福祉科学大学、2008 年）27。
7) Paula Bennett, *Emily Dickinson: Woman Poet*（New York: Harvester Wheatsheaf, 1990）118.
8) 『ランダムハウス英和大辞典』第 2 版によると、巻き貝から得られる染料で、ギリシアローマ時代の非常に貴重な深紅色または紫色染料のこと。
9) Wendy Barker, *Lunacy of Light: Emily Dickinson and the Experience of Metaphor*（Carbondale: Southern Illinois UP, 1987）82.
10) Barker 82.
11) Donald H. Reiman and Neil Fraistat, eds., Shelley's Poetry and Prose（New York: W. W. Norton, 2002）298-301.
次の有名なシェリーの詩の一部を引用する。

     Ode to the West Wind

  Make me thy lyre, even as the forest is:
  What if my leaves are falling like its own!
  The tumult of thy mighty harmonies

  Will take from both a deep, autumnal tone,
  Sweet though in sadness. Be thou, Spirit fierce,
  My spirit! Be thou me, impetuous one!

  Drive my dead thoughts over the universe
  Like withered leaves to quicken a new birth!
  And, by the incantation of this verse,

  Scatter, as from an unextinguished hearth
  Ashes and sparks, my words among mankind!
  Be through my lips to unawakened Earth

  The trumpet of a prophecy! O Wind,
  If Winter comes, can Spring be far behind? （Stanza V）

第2部

ディキンスンの美意識

第4章

グロテスクな美

　この本書の最大のテーマに掲げる「白」には、多彩な意味が含まれている。色彩としての色はもちろんのこと、無色、清廉潔白、透き通るような白さ、美しさ、という意味もある。本章では、ディキンスンの美意識、特に、風変わりなイメージを持つ美をテーマに、ディキンスンの詩論を別の角度から論究してみたい。

　1862年、ディキンスンはヒギンスンに以下のような書簡を送っている。後にこれが、研究者たちの間で論争を巻き起こすことになる有名な書簡の一部である。

> I could not stop for that—My Business is Circumference—An ignorance, not of Customs, but if caught with the Dawn—or the Sunset see me—Myself the only Kangaroo among the Beauty, Sir, if you please, it afflicts me, and I thought that instruction would take it away.[1]　　（No. 268）

　私はそれを止めることができません。私の仕事は円周です。慣習を知らないわけではありませんが、もし夜明けと共に捕まったり、日没が私を見たりしたら、私自身が美の中にいる唯一のカンガルーです。ところが、どうか先生、それが私を苦しめます。そして、教えていただけるなら、それは無くなるだろうと思います。

上に引用した書簡の内容は、不可解な部分があるけれども非常に興味深い。なぜならディキンスンの難解な詩論や詩の解釈を理解する鍵となるものを含んでいるからである。特に読者が戸惑う部分が、引用の３行目にある、「美の中にいる唯一のカンガルー」というフレーズだろう。このフレーズがあまりにも印象的なので、カール・ケラーは自身の著書のタイトルに、このフレーズを使用している[2]。

ディキンスンは簡潔な詩のスタイルの中に、「美」という単語を含む詩を創作したが、その言葉は、様々なテーマと結びついていることが分かる。それゆえ、重要となる点はディキンスンの美意識の特徴を探るために、詩を１つ１つ丁寧に解釈していかなければならないという点だ。はじめに言えることは、ディキンスンはこの「美」が、彼女の詩論と深く結びついていると推測できることだ。よって、この章の目的は、「美」という抽象語を含む詩を選んで丁寧に読みながら、他の詩人たちとは異なるディキンスン独特の美意識を探り出すことにある。

「美」に関しては、19世紀の傑出した超絶思想家の、ラルフ・ウォルドー・エマーソンが彼の有名なエッセイの１つ、『自然』の中で彼の「美」に関する考え方を披歴している。さらに、大西洋を渡って、イギリスのロマン派詩人たちは、「美」を詩作に欠かせない観念として、この言葉を用いている。同じく詩人、ディキンスンも白のように透き通る「美」という観念を詩作の中に取り入れているものの、これまでの研究対象としてあまり重視されなかった。そこで、本章では、ディキンスンの美意識について考察を進めながら、その特徴を追究することにする。

I

まずは、「美」を主題にした次の短い詩から読み始めることにする。

Estranged from Beauty—none can be—
For Beauty is Infinity—

And power to be finite ceased
　　Before Identity was creased—　　　　　（Fr 1515）

　　美から遠ざかることは誰にもできない
　　美は無限だから
　　そして美と１つになるまでに
　　有限の力は終わってしまう

　この詩が言い表そうとしていることは、「誰」も「美」からは逃れることができない、であるが、この抽象的な言葉は、短いコンテクストの中では実体のないものであり、具体性を持たない（「美は無限だから」）。逆に言えば、「美」は荘厳かつ落ち着いた佇まいで存在し続ける。「誰」もがそれを見ることができるため、逃れることができないのである。しかしながら、詩人でさえも「美」そのものが何か特定できない。なぜなら、それは曖昧で確定できない性質を持っているからであって、それが「無限」であるという事実だけが存在する。つまり、それは「無限」と同一化するだけなのである。
　次の詩も、「美」の不確かさを表現している。

　　Beauty—be not caused—It Is—
　　Chase it, and it ceases—
　　Chase it not, and it abides—

　　Overtake the Creases

　　In the Meadow—when the Wind
　　Runs his fingers thro' it—
　　Deity will see to it
　　That You never do it—　　　　　（Fr 654）

美には原因があるのではない—そこに存在するのだ
それを追いかければそれは消え
追いかけなければそれは留まる

風の指が草原を通り抜けさせる時の

草原の皺に
不意打ちしなさい
神はあなたが決してそうしないように
見張っておられるでしょう

　「美」が存在するのに特別な理由はない。しかし、人々はそれが実際に何なのか知ろうと追求しようとして苦労を重ねる。「美」に手が届こうとすると、それはすぐに逃げてしまう。しかし、追いかけようとしなければ、留まっているのである。
　詩の後半では、ペルソナが「風」という隠喩を使って「美」をより具体的に明らかにしようとする。「風」という目には見えない自然現象を使って、「指が草原を通り抜けさせる時の」感覚を頼りに、また「風」が「草原」を揺らす時の視覚を頼りに「美」を捉えようとしている。同様に、我々は突然「美」の感覚に遭遇し、その理由を探ろうとするが、まるで「神」がその原因を説明することを拒否し、「美」をより一層神秘的なものへと変容させることで、我々の努力を無駄にしてしまう。その結果、私たちは生前中には、「美」を理解し認識することができないままなのである。
　ジャック・L・キャップスは、この詩がエマーソンの詩の「シャクナゲ」の1節、"Then Beauty is its own excuse for being" を想起させる、と指摘している。[3] 確かにディキンスンは、エマーソンのエッセイに大変関心を持っていたけれども、エマーソンの「美」の理論は、ディキンスンのとは異なる。例えばエマーソンは、次の引用が示すように、彼の「美」の理論について雄弁に語っている。

第 4 章　グロテスクな美　｜　75

　The poet, the painter, the sculptor, the musician, the architect, seek each to concentrate this radiance of the world on one point, and each in his several work to satisfy the love of beauty which stimulates him to produce.　Thus is Art a nature passed through the alembic of man. Thus in art does Nature work through the will of a man filled with the beauty of her first works.　　　　（*Nature*）[4]

　詩人、画家、彫刻家、音楽家、建築家は、世界の光輝を 1 点に集中し、それぞれの作品を 1 つ 1 つ作ることで、自分を制作へと刺激する美の愛を満足させようとする。こうして芸術は人間という蒸留器を通した自然なのだ。だから芸術には、自然がその最初の作品の美しさに満たされた人間の意志を通して作用するのだ。

　　The poet is the sayer, the namer, and represents beauty. He is a sovereign, and stands on the centre.　For the world is not painted or adorned, but is from the beginning beautiful; and God has not made some beautiful things, but Beauty is the creator of the universe.　　　　（"The Poet"）[5]

　詩人は伝える者であり、名付ける者であり、美を表現してくれる。彼は主権者であって、中心に立っている。なぜなら世界は色を塗られ、飾られるのではなく、最初から美しいからだ。神は幾つかの美しいものを作ったのではなく、美が宇宙の創造者なのだ。

　エマーソンにとって「詩人」は「美」を表現することができ、それを「芸術」という形式、すなわち詩によって、「美」を体現することができる。『自然』に見られるように、彼の「美」は「自然」と混然一体となっている。それゆえ「詩人」は、目の前にある自然を表現したいという衝動を感じる。一方、ディキンスンの「美」は、エマーソンの「美」への積極性よりも具体

性がなく、消極的な面を持っている。エマーソンの「詩人」はいつも「中心に立っている」が、ディキンスンは「美」とは離れて遠くから眺めているような印象がある。

　エマーソンの「美」とは違って、ディキンスンの「美」は独特で、ある意味伝統から遠く離れた思想を持っているのだろう。なぜなら彼女の「美」は愛情の対象ではなく、苦悩の対象だからである。

　　　Beauty crowds me till I die
　　　Beauty mercy have on me
　　　But if I expire today
　　　Let it be in sight of thee—　　　　（Fr 1687)

　　　私が死ぬまで美が私に押し寄せる
　　　美よ私に慈悲をかけて下さい
　　　しかしもし私が今日死ぬとすれば
　　　あなたの見えるところにさせて下さい

　ペルソナの「私」によると、「美」はあまりにも洗練されているため、ペルソナに押し寄せてくるような存在感を持つ。言い換えると、「美」は人間とは異なり永遠で不滅である。それゆえ、「美」に気圧されたペルソナは「美」の崇高さを定義することの不可能さを痛感して苦悩する。そこでペルソナは、「美」に対して、たとえ死ぬことがあっても、その場を去らないようにしてほしいと懇願している。

　1687番の詩の場合、ある日本語の和歌が心に浮かぶ。それは西行が創作したよく知られた和歌である。

　　　願はくは　花のしたにて　春死なん　そのきさらぎの　望月の頃[6]

　西行も同様に、初春に咲く美しい花を見ながら死にたいと強く願ったの

第 4 章　グロテスクな美　｜　77

だろう。当時、日本の諸国を遍歴していたその歌人は、花の息をのむ美しさに心を奪われたに違いない。ディキンスンの「美」が花なのかどうかは断定できないが、花を含む美しいものは、ディキンスンに共鳴し、詩作の刺激になっていたのである。それは、327 番の詩にあるように、夕暮れの壮大な風景を目の当たりにして筆を落とした画家のモチーフをも思い出させる[7]。

　次の詩は、「美」と詩人の関係を述べている。

> To tell the Beauty would decrease
> To state the spell demean
> There is a syllableless Sea
> Of which it is the sign
> My will endeavors for it's word
> And fails, but entertains
> A Rapture as of Legacies—
> Of introspective mines—　　　　（Fr 1689）

> 美を語ってしまうと減少してしまう
> 魔法を述べてしまうと消失してしまう
> それがしるしとなる
> 言葉のない海がある
> 私の意志は言葉を求めて努力をする
> そして失敗する、しかし
> 内省的な鉱山から出た
> 遺産のような恍惚を抱く

　ペルソナにとって、「美」を述べることと、「魔法」を述べることは不可能だという。つまり、詩人さえも「美」を伝えたり、「魔法」や魅惑的なものを伝えたりするのに適切な言葉を見つけることはとても不可能だとい

う。ペルソナは、「美」を表現しようとして「努力をする」が「失敗する」。この状況が、ここでは、「言葉のない海」の「しるし」、すなわち、「精神的な沈黙を反映する沈黙の言葉」[8]しか表れない危機的な状況である。下から3行目の"but"という言葉が示すように、失敗の繰り返しがついには、「恍惚」の状態へと変化する。換言すれば、美に値する経験がペルソナの心に「遺産」をもたらす。最後の行の「内省的な」という形容詞が、詩人が詩作の際に瞑想し、心の中で涵養してきたプロセスを示している。詩の最後の言葉、"mines"は、ディキンスンにとって大変重要な隠喩だが、これは詩作の前に詩的イマジネーションやテーマを心の中に大事に溜めておくことを暗示する。さらに、この単語の意味は、ディキンスンのキーワードの1つである「不滅」と相似する意味を持つ。例えば、"a reduceless Mine"（Fr 1091）（「減ることのない鉱山」）が、これを証左している。それゆえ、たとえ詩人として「美」的な経験を表現できないことが、落胆する事実であったとしても、"a syllableless Sea"こそが、自分の作品をより芳醇なものにしてくれる。なぜなら詩人は、"a reduceless Mine"を糧にして詩を書き続けるからである。

　これまでの詩で考察したように、「美」は簡単に言葉では言い表せないものであるが、ペルソナ自身はそれを冷静に受け止めていることが分かった。「美」は詩人に試練を与えるけれども、それでも詩人は真の詩人になるために、真実を見据える目を養い、自分の詩的イマジネーションを頼りに詩を書き続けることを決心したのである。

II

　次に、ディキンスンのよく知られた詩を取り上げ、伝統的な美への意識に強い疑念を示している詩を考察する。

　　I died for Beauty—but was scarce
　　Adjusted in the Tomb

When One who died for Truth, was lain
In an adjoining Room—

He questioned softly "Why I failed"?
"For Beauty", I replied—
"And I—for Truth—Themself are One—
We Bretheren, are", He said—

And so, as Kinsmen, met a Night—
We talked between the Rooms—
Until the Moss had reached our lips—
And covered up—Our names—　　　　　（Fr 448）

私は美のために死んだ——しかし
墓の中に納められるとすぐに
真実のために死んだ人が
隣の部屋に横たわった

彼は、「どうして死んだのですか？」と静かに尋ねた
「美のためです」と私は答えた
「そして私は真実のために——それらは1つです
私たちは兄弟です」と彼は言った

だから親族のように夜を迎え
私たちは部屋を隔てて話をした
苔が私たちの唇に辿り着き
私たちの名前を覆うまで

ペルソナの「私」は、「美のために死んだ」という一見、信じられない

理由を語っている。しかし、前の考察で述べたように、「美」のために亡くなることは、ペルソナにとっては本望である。ここでは、ペルソナが唐突にしかも具体的な理由を語らないので、読者は混乱してしまうのである。ほどなく、ペルソナが「墓」の中に埋められると、隣人がいることに気付く。その人は、「真実」のために死んだ人で、「隣の部屋」で横たわっていたのである。

　第2スタンザで、ペルソナと隣人の「彼」は驚くような会話をしている。なぜなら「彼」はペルソナに、「どうして死んだのですか」とたずねる。この"failed"という動詞は、暗に死を指している。よって、ペルソナは「美」のために死んだ、と答えている。そして隣の隣人は、「私は真実のために─それらは1つです／私たちは兄弟です」と不可解な返答をする。"Themself"は「美」と「真実」の両方を含む。しかし、文法的には不適合である。"─self"は再帰代名詞の単数形を表すため、2つのものを同時に示すことはできない。そのうえ「彼」は、「私たちは兄弟」だと主張する。この2つのものにとって、「兄弟」は当然のことながら家族か同じ人種のことである。そのため、「美」と「真実」はここでは同族のものとして同一視されているのである。

　最後のスタンザでは、この同一化が「親族」という言葉に変化している。2人の人物たちは、「部屋を隔てて」話し続けている。しかしながら、最後の2行はグロテスクな印象を読者に与えている（「苔が私たちの唇に辿り着き／私たちの名前を覆うまで」）。この「苔」は、「名前」に到達するまで墓に侵入していくのである。自然の象徴となる「苔」は不気味な生命力を持ったために、「美」と「真実」とは対照的に朽ち果てることはない。「美」の崇高さと「真実」の永続性が、厳しい自然の前では残存することは不可能である。ジョアン・カービーのコメントを借りれば、「苔」は「身体の腐敗と同様に象徴の崩壊を示す」[9]ということである。この点から見れば、ペルソナは「美」と「真実」の逆説的な状況を述べているが、最終的な結末は不明瞭なままである。

　自然の残酷な一面を書き表している、もう1つの詩がある。

第 4 章　グロテスクな美　｜　81

The Frost of Death was on the Pane—
"Secure your Flower" said he.
Like Sailors fighting with a Leak
We fought Mortality—

Our passive Flower we held to Sea—
To mountain—to the Sun—
Yet even on his Scarlet shelf
To crawl the Frost begun—　　　（Fr 1130C, stanzas 1-2）

死の霜が窓ガラスに付いていた
それは「お前の花を守るように」と言った
水漏れと闘う水夫たちのように
私たちは死すべき運命と闘った

私たちの受け身の花を海や
山や太陽に差し向けた
しかしその緋色の棚の上でさえも
霜ははってき始めた

「霜」は明らかに「死」を表す隠喩であり、美しく「受け身の花」に辿り着こうとしている。「花」は間接的に生を表す。そしてそれは「死」である「霜」を打ち負かすことができない。ここでの状況は、「死」の影が人間の方にじわりと進んでいる様子を描いている。この詩では、束の間の生を「花」に喩え、同様に「霜」は「死」と同一化されている。同様に、「霜」は 448 番の「苔」と同類のものと見なされ、美しさの象徴である「花」に忍び込もうとしているのである。このような生の儚さや脆さという考え方からも、ディキンスンは伝統的な美に対する考え方を、冷徹な視点で捉えていると言えるのである。

別の解釈としては、448番の詩は、イギリスの詩人たちの作品を元に書かれたとも考えられる。特に、ディキンスンは、エリザベス・バレット・ブラウニング（1806-61）の"A Vision of Poets"とジョン・キーツ（1795-1821）の"Ode on a Grecian Urn"を愛読していたと言われている[10]。ここで、ディキンスンに影響を与えたと言われる、キーツの重要な詩に言及してみたい。ディキンスンがキーツを尊敬する詩人の1人として敬愛していたことは、書簡からもうかがい知ることができる[11]。キーツの「美」と「真実」は、引用する最後のスタンザの中の最後の2行で最も端的に表現されている。

　　'Beauty is truth, truth beauty,—that is all
　　　Ye know on earth, and all ye need to know.'
　　　　　　　　　　　　　　　("Ode on a Grecian Urn," ll, 49-50)[12]

　　美は真実、真実は美—それがすべて
　　　あなたが地上で知るすべて、そしてあなたが知る必要があるすべて

　終わりの最後の2行は、最も重要な主張である。「美」は「真実」そのものであり、逆もまた然りである。我々は、「美は真実」である以外、その理由も根拠も分からない。キーツのような詩人でさえも、"Ye know on earth, and all ye need to know."と締めくくるだけである。言い換えれば、「美」に対してより明確な説明を求めることは邪道なのであろう。
　キーツ以外のイギリスのロマン派詩人では、例えば、ジョージ・ゴードン・バイロン（1788-1824）とパーシィー・ビッシィー・シェリー（1792-1822）も「美」に関心を持ち、それを詩の中で扱っている。バイロンについては、次の詩の一部を引用する。

　　She walks in Beauty, like the night
　　Of cloudless climes and starry skies;

第 4 章　グロテスクな美　│　83

(“She Walks in Beauty,” ll, 1-2)[13]

　彼女は美の中を歩く
　雲のない、星の瞬く空の夜のように

　引用中の「彼女」が、「夜のように」神秘的に歩く美しさが伝わってくる。次行のアリタレーションと韻律が秀逸である。また、シェリーについては、「知性の美への讃美歌」("Hymn to Intellectual Beauty") の中の一部を引用する。

　Spirit of BEAUTY, that dost consecrate
　　With thine own hues all thou dost shine upon
　　Of human thought or form,—where art thou gone?
　Why dost thou pass away and leave our state,
　This dim vast vale of tears, vacant and desolate?
　　　　　　　　　("Hymn to Intellectual Beauty," ll, 13-17)[14]

　美の精よ、人の思考と姿を照らし
　　それぞれの色で清めるお方よ
　　あなたはどこへ行ったのですか？
　なぜあなたは去っていき、私たちの有り様を
　このように空虚な涙で、虚しくて惨めにされたのですか？

　ここでは、「美」に直接訴えかけるような調子で問いかけ続けている。また、彼の詩論として知られる、『詩の擁護』(*A Defense of Poetry*) の一部も引用してみる。

　Poetry thus makes immortal all that is best and most beautiful in the world; it arrests the vanishing apparitions which haunt the interlunations of life, and veiling them or in language or in form sends them forth among mankind, bearing sweet news of kindred joy to those with whom their sisters abide—abide, [...].

Poetry turns all things to loveliness; it exalts the beauty of that which is most beautiful, and it adds beauty to that which is most deformed [...].[15)]

詩はこうしてこの世で最もすばらしく、最も美しいものをすべて不滅にする。それは人生の暗闇に取りついて消えるような幽霊を捕え、それらを言語と形式で覆って人類の間に送り出し、それらの姉妹らが留まらせる人々に同類の心地よい知らせを伝える……。

詩はあらゆるものを美しくする。それは最も美しいものの美を高め、最も醜いものに美を加える……。

シェリーによると、詩人が美意識を通して選び抜いた言葉を用いて「詩」を書くため、「詩」は不滅の世界で最も美しいものとなる。つまり、「詩」に変容された「美」は永遠に存在し続けるだろう。

ディキンスンの美意識に話を戻せば、「美」は詩の中でさらに力強く、さらに洗練されたものになっていく。しかしながら彼女はいつも「美」の掴みどころのなさを理解している。なぜなら「美」は詩人たちが詩を書く上で追求する最高の理念であり、「美」そのものも、それがどういう実体のものかを明らかにすることはない。加えて、ディキンスンは、「美」はこの世の「真実」であることをわきまえている。たとえ自然の「美」が「死」に関係するものであっても（448番の「苔」のように）、ディキンスンはイギリスのロマン派の詩人のように、あくまでも「美」と「真実」を忠実に追い求めるのである。

Ⅲ

　ここまでの考察で、ディキンスンの特色ある美意識と比較するために、エマーソンやイギリスの詩人たちの作品を引用しながら考察を続けた。考察の中で理解できたことは、ディキンスンの美意識は複雑で難解であるということである。彼女の「美」はあまりにも存在感が強いので、それを言葉を使って言い表すことが簡単ではないことが分かる。それゆえディキンスンは究極的に、「美」の近くで人生の幕を閉じたいと願っている。なぜなら、「美」こそが、世界でいちばん最高のものだからである。

　エマーソン、バイロン、シェリー、キーツも、「美」という言葉についてそれぞれの作品の中で使用しているが、具体的にその性質を明らかにしているとは限らない。しかし、ディキンスンと徹底的に異なるところは、「美」が自然の脅威と向き合っていることだ。それをも耐えた本当の「美」は、ディキンスンにとって言葉で言い尽くせない、しかも想像力を超えたものなのである。こういったことからも、ディキンスンは詩を書く作業を通じて彼女の究極の「美」を探し求めようと努力をした。たとえ、それが厳しい現実に直面しても、彼女の「美」を求める信念は揺らぐことはないのである。

[注]

1) Thomas H. Johnson and Theodora Ward, eds., *The Letters of Emily Dickinson*, by Emily Dickinson (Cambridge: The Belknap P of Harvard UP, 1958) 412, No. 268.
2) Karl Keller, *The Only Kangaroo among the Beauty: Emily Dickinson and America* (Baltimore: The Johns Hopkins UP, 1979). この本の中でケラーは、ディキンスンと他のアメリカの作家や詩人たちとの比較研究を行っている。比較対象となっているのは、アン・ブラッドストリート、エドワード・テイラー、ラルフ・

ウォルドー・エマーソンなどである。
3) Jack L. Capps, *Emily Dickinson's Reading, 1836-1886* (Cambridge: Harvard UP, 1966) 116.
4) Ralph Waldo Emerson, *Nature: Addresses and Lectures*, ed., Edward Waldo Emerson, vol. 1 (New York: AMS P, 1968) 24.
5) Ralph Waldo Emerson, "The Poet," *The Complete Works of Ralph Waldo Emerson*, ed., Edward Waldo Emerson, vol. 3 (New York: AMS P, 1968) 7.
6) 西行『山家集』後藤重郎校注（新潮社、1982 年）29。
7) 327 番の最終スタンザは次のようになっている。

> These are the Visions flitted Guido—
> Titian—never told—
> Domenichino dropped his pencil—
> Paralyzed, with Gold—   (Fr 327, stanza 6)

> これらはギドーにかすめたヴィジョン
> ティツィアーノは決して語らなかった
> ドメニキーノは鉛筆を落とした
> 金色に麻痺して

8) Shira Wolosky, *Emily Dickinson: A Voice of War* (New Haven: Yale UP, 1984) 166.
9) Joan Kirkby, *Women Writers: Emily Dickinson* (London: Macmillan, 1991) 104.
10) Helen McNeil, *Emily Dickinson* (London: Virago P, 1986) 161-162.
11) *Letters*, No. 261. この書簡によると、ディキンスンは彼女の好きな詩人として、ブラウニング夫妻の名前を挙げている。
12) John Barnard, ed., *John Keats: The Complete Poems* (London: Penguin Books, 1988) 346.
13) Frank D. McConnell, ed., *Byron's Poetry* (New York: W. W. Norton, 1978) 11.
14) Donald H. Reiman and Neil Fraistat, *Shelley's Poetry and Prose* (New York: W. W. Norton, 2002) 94.
15) *Shelley's Poetry and Prose*, 532-533.

第5章

美の定義

　19世紀の超絶主義者、ラルフ・ウォルドー・エマーソンは、「美」という概念に大変関心を持ち、その性質について、彼の傑作『自然』の中で明らかにしている。その中の3章において、「より高貴なものを欲する人は、自然、すなわち、美の愛によって与えられる」[1]と書かれている。エマーソンにとって「美」は、かれの自然論を組織化することに対して、明らかに重要な要素の1つであったし、さらにはかれの「美」への考え方の一端は、彼の有名な詩、「シャクナゲ」の中に見られる。

　一方、ディキンスンの詩や手紙の中の美意識は、これまで批評家たちや読者たちを悩ませてきた。というのは、彼女の「美」に対する意識は複雑で理解しがたい要素が複数あるからである。そこでこの章では、ディキンスンの「美」の定義とはどのようなものか、考察を試みたい。

I

　まずは、799番の詩を読む。

　　The Definition of Beauty is
　　That Definition is none—
　　Of Heaven, easing Analysis,
　　Since Heaven and He are One.　　　（Fr 797B）

美の定義は
定義がないということ
天国については簡単な分析はない
なぜなら天国と美は1つだから

　詩のペルソナは、「天国」を分析することもできないし、「美」の定義は何かも認識することができない。つまり、「美の定義は／定義がないということ」と主張されている。それゆえ、「美」は「天国」と同じぐらい神聖で不可解なものであり、「美」は言わば、「天国」と等しい価値があり、同じく目で確かめることができないものなのである。
　エマーソンと異なり、ディキンスンは具体的に「美」の性質を明らかにすることはない。しかし、曖昧のように思えるディキンスンの「美」の定義は、皮肉にも巧みな表現を使い分けながら述べられているのである。このことをさらに詳しく述べると、表面的な説明こそが、実は深い「美」の理論を暗示しているのである。言い換えれば、人が真の「美」を追いかければ追いかけるほど、それはより遠くへ逃げてしまう。崇高な「美」は詩人でさえも言葉で言い表すことができない。だからこそディキンスンは「美」をできるだけ簡略して直截的に述べることを選んだ。
　1496番の詩のペルソナは、心の痛みについて不満を述べている。

So gay a Flower
Bereaves the mind
As if it were a Woe—
Is Beauty an Affliction—then?
Tradition ought to know—　　　　　（Fr 1496）

こんなにも陽気な花は
心を奪ってしまうほど
まるでそれは悲痛であるかのように

それでは美は苦痛なのか？
　伝統は知るべきである

　色鮮やかで美しい花はペルソナの心を感動させる。そしてペルソナは花についての感情を「悲痛」と捉える。ペルソナはためらうことなく自問する（「美は苦痛なのか？」）。皮肉にも美しいものは大きな喜びを与えるだけではなく、「苦痛」という心の痛みを与えるものなのである。
　「美」は「苦痛」を与えるというこの詩は、前の章の1687番とは対照的に矛盾するような内容となっている。1496番の場合、「美」の具体的な対象は美しい花と見なされている。ペルソナがほとんど毎日家の周りで咲く植物を見る時、本能的に畏怖の念を覚える。この詩のネガティヴな思考は、「美の中の唯一のカンガルー」の表現と似ている。このフレーズを書いたディキンスンは、自分は美しい自然の中の不自然な「カンガルー」のように、美しい花に及ばない存在だ、と認識していたに違いない。このように、「美」は人々を遠ざけるような崇高さを保持しているのである。

II

　花は、エマーソンやディキンスンにとって、美しいものを代表するものの1つである。そこで、エマーソンとディキンスンの花をモチーフにした詩を取り上げて、それぞれの「美」意識を考えてみたい。まずは、エマーソンの「シャクナゲ」である。

The Rhodora:
　　On Being Asked, Whence Is the Flower?

In May, when sea-winds pierced our solitudes,
I found the fresh Rhodora in the woods,
Spreading its leafless blooms in a damp nook,

To please the desert and the sluggish brook.
The purple petals, fallen in the pool,
Made the black water with their beauty gay;
Here might the red-bird come his plumes to cool,
And court the flower that cheapens his array.
Rhodora! if the sages ask thee why
This charm is wasted on the earth and sky,
Tell them, dear, that if eyes were made for seeing,
Then Beauty is its own excuse for being:
Why thou wert there, O rival of the rose!
I never thought to ask, I never knew;
But, in my simple ignorance, suppose
The self-same Power that brought me there brought you.[2]

ロドーラ：
　その花の由来を尋ねられた時に

5月に海からの風が私たちの寂しい場所に吹く時
私は森の中で鮮やかなロドーラを見つけた
隅っこのじめじめした所に葉のない花を広げて
荒野とゆるやかな小川を喜ばせていた
紫色の花びらは、水たまりに落ち
淀んだ水をその美しさで煌びやかにしていた
ここには紅鳥が自分の体を冷やしにやって来て
その装いを軽んじる花を誘う
ロドーラよ！　もし賢人たちがお前になぜ
この魅力を地と空に浪費するのか、と尋ねたら
彼らに答えるのだ。もし目が見るために作られているなら
美はそれ自身が存在の理由だと

なぜそこにいるのか、ああ、薔薇の競争者よ！
私は尋ねようとも思わなかったし、知ることもなかった
しかし、私の単純な無知から思う
そこに私をもたらした同じ力がお前をもたらしたと

　詩の前半部分は、まるで1枚の絵画に描かれたように鮮やかで美しい「ロドーラ」の様子が言葉で描かれている。とりわけ、読者たちはエマーソンの緻密な色彩感覚に目を奪われる（「紫の花びら」、「黒い水」、「紅鳥［アカフウキンチョウ］」）。さらに、脚韻やアリタレーションなどの詩的技巧なども目を引く。この美しい「ロドーラ」はペルソナの「私」の感情を慰めてくれる。一方でその花は、「砂漠」や「淀んだ水」の周りで輝くような雰囲気を醸し出している。この美しい「ロドーラ」に魅せられたペルソナの「私」は、その花に語りかけ、まるで「薔薇のライバル」であるかのような「ロドーラ」の美しさを心から賞賛している。

　しかしながら、詩の最後の方では極端に曖昧ではあるものの、論理的な結末に至ろうとしている。新倉俊一氏は、この詩のテーマは「美」そのもの、すなわち自然現象の「美」であると説明している[3]。エマーソンは、「美の存在」について詳述していない。あるとすれば、「美が存在することがそれ自身の理由」とあるように、「ロドーラ」の存在があまりにも気品に満ちているために、その花を模倣し言葉だけて描くことはできないのである。実際「美」は何なのか理解しようと模索することは、詩人たちを含む芸術家たちに完全に独自の方法で彼らの芸術作品を創造させることになる。やがてはそれぞれが「美」の本質と偉大さを認識するようになる。

　ここで、話題をディキンスンの方に戻すと、最初に気付くべきポイントは、彼女の重要な詩のモチーフとなっている小さな植物に注目することである。次の詩は、マサチューセッツ州の花である、ディキンスンの好きなイワナシを表現している。

Pink—small—and punctual—

Aromatic—low—
Covert in April—
Candid in May—

Dear to the Moss—
Known to the Knoll—
Next to the Robin
In every human Soul—

Bold little Beauty—
Bedecked with thee
Nature forswears—
Antiquity—　　　　（Fr 1357D）

桃色で、小さくて、几帳面
低いところで香りを放ち
4月には密かに
5月になるとぱっと姿を現し

苔にとっては愛しく
小山によく知られ
コマドリに次いで
すべての人間の魂の中にある

大胆でかわいい美人
おまえに飾り立てられると
自然は古臭さを
強く否定する

この「桃」色の花は、「4月」か「5月」に開花するが、詩の中の言葉は、エマーソンの先ほどの詩より大胆な発言となっている。なぜなら第1行目に3つの形容詞と3つのダッシュが目立っているからである。この1行目は読者には新鮮で生き生きとした印象を与えている。それは詩のペルソナが植物の特徴をできるだけシンプルに直截的に再現しようとしているからである。また、2行目から4行目は無駄な表現を省き、その小さな花がどのようなものか簡潔に伝えようとしている。第2スタンザでは、この花が「苔」や「小山」や「コマドリ」などの自然と調和して咲くことを示している。それに加えて、人間にも親しみを持たれていることが示されている。「すべての人間の魂の中に」というフレーズが、ニューイングランドの花、イワナシと人々の密接なつながりを暗示している。

　第3スタンザの1行目では、詩のペルソナはこの小さな花に、「大胆でかわいい美人」だと呼びかける。"Beauty" という言葉は、美しい女性を意味するが、その花がとても可憐なので、「自然」でさえもその気品ある姿に圧倒されてしまうのである。言い換えれば、「イワナシ」の花は、春になると必ず咲くけれども、その物言わぬ花の壮麗な美しさが、見慣れた情景を、予想外の目を引き付ける存在感のために、見慣れない情景へと変容させるのである。

　花をテーマにした95番の詩を読んでみよう。

　　Flowers—Well—if anybody
　　Can the extasy define—
　　Half a transport—half a trouble—
　　With which flowers humble men:
　　Anybody find the fountain
　　From which floods so contra flow—
　　I will give him all the Daisies
　　Which opon the hillside blow.

Too much pathos in their faces
For a simple breast like mine—
Butterflies from St Domingo
Cruising round the purple line—
Have a system of aesthetics—
Far superior to mine.　　　　（Fr 95B）

花々が、そう、もし
花々が人間を卑下する
半ば恍惚の、半ば困惑の
忘我を定義できる人がいれば
逆流する洪水から
泉を見つけられる人がいれば
私は丘の斜面に咲くヒナギクを
すべてその人にあげましょう

ヒナギクの顔には私のような単純な胸にとって
あまりにも多い哀感がある
紫の線の周りを巡行する
セントドミンゴの蝶たちは
私よりもはるかにすぐれた
美の体系を持っている

　この詩の花の種類は特定されていないが、その美しい情景に魅惑されたペルソナは「恍惚」を定義しようとしている。花々は言葉を失うほど美しいので、「人々」は言葉で言い表すことができず固定化された表現しか思いつかない。だからペルソナは「すべてのヒナギク」を、「恍惚」を定義できる人にあげようとする。なぜなら「ヒナギク」のような「花々」は「哀感」、すなわち、陣地を超えた痛切な感情を持っているのである。それゆ

え、最後の４行が示すように、自然界に生息する「セントドミンゴの蝶たち」は、ペルソナよりも優れた「美の体系」を持っている。決して誰にも語りかけられることのない、沈黙の「蝶たち」こそ、人間よりも「美」の定義と本質を理解しているのである。

「蝶」に関しては、ディキンスンはいくつかの詩の中で詩のモチーフとして使用している。そこで、３編の詩を見てみよう。

> From Cocoon forth a Butterfly
> As Lady from her Door
> Emerged—a Summer Afternoon—
> Repairing Everywhere—
>
> Without Design—that I could trace
> Except to stray abroad
> On miscellaneous Enterprise
> The Clovers—understood—
>
> [...]
>
> Till Sundown crept—a steady Tide—
> And Men that made the Hay—
> And Afternoon—and Butterfly—
> Extinguished—in the Sea—　　　（Fr 610, stanzas 1-2, 6）

繭から蝶が
ご婦人がドアから出てくるように
現れた―夏の午後に
目的もなくそこら中を飛び交いながら

私は彷徨う以外に
クローバーたちが知っている
様々な事業を
見つけることができた

[……]

やがて日暮れが着実な潮のように忍び寄り
そして人間は干し草を作り
そして午後になると、蝶は
海の中に消えた

The Butterfly in honored Dust
Assuredly will lie
But none will pass the Catacomb
So chastened as the Fly—　　　　（Fr 1305B）

間違いなく蝶は
名誉の土の中に横たわるだろう
しかしハエと同じように慎み深く
その地下墓地を通り過ぎる者はいないだろう

The butterfly obtains
But little sympathy
Though favorably mentioned
In Entomology—

Because he travels freely
And wears a proper coat

The circumspect are certain
That he is dissolute

Had he the homely scutcheon
Of modest Industry
'Twere fitter certifying
For Immortality—　　　　　（Fr 1701）

蝶はほとんど
共感を得ることはない
もっとも昆虫学では
好意的に述べられているけれど

なぜなら蝶は自由に旅をし
ふさわしいコートを着ているので
慎重な人たちは
それは放蕩者だと思い込んでいる

もし蝶が控えめな作業の
質素な盾を付けていたなら
それは不滅を確証するのに
よりふさわしいだろう

　これらの詩の「蝶」たちは、孤独な1人の人間、言わば、詩人としてのディキンスン自身を象徴しているのかもしれない。彼女は、蝶が自由に飛び回るのを羨ましく思っていたに違いない。なぜならディキンスンは、伝統と規律を重んじるアマーストという保守的な町で、独立した詩人として生きていくことは、不可能だと感じていたからである。一方、自然界に属する蝶たちは、本能的に美の本質を体得しているように思える。しかも、

それらは「美の体系」を体現している。それらが身をもって、目立たない蛹(さなぎ)の状態から、美しい成虫へと成長する術を知っていることからも明らかである。

III

エマーソンとは異なり、ディキンスンは美しい花を見ることは、喜びというよりも深い苦悩や苦痛を感じてしまうことを認識している。簡単に言うと、ディキンスンには、花は慰めの対象だけではなく、悲しみの対象となってしまうこともある。さらに、花の命は一瞬しか続かない。花の儚い美しさは、ディキンスンに深い哀感を与え、彼女の美意識を研ぎ澄まし、偉大な詩人としての技量を高めることになる。その結果、彼女の美の定義は深遠なものとなり、読者にはますます認識しづらいものになっていく。彼女は自分の詩を通して、美について何を伝えたいのか？　ここでは、読者にはなじみの少ない詩を選択して精読することによって、彼女の美意識をさらに分析していきたい。

  Were nature mortal lady
  Who had so little time
  To pack her trunk and order
  The great exchange of clime—

  How rapid, how momentous—
  What exigencies were—
  But nature will be ready
  And have an hour to spare.

  To make some trifle fairer
  That was too fair before—

Enchanting by remaining,
And by departure more.　　　（Fr 1787）

もし自然が
せわしない人間のご婦人なら
彼女のトランクに詰め込み、そして
気候の大変換を命令するとしたら

どんなに早急で、そんなに重大なことだろう
どんな緊急の事態になるだろう
しかし自然は準備をして
時間の余裕もある

以前に美し過ぎた些細なことを
より美しいものにする
留まることによって、そして
出発することによってさらに魅了する

　仮定法となる1行目の中の「自然」は「ご婦人」に喩えられている。「ご婦人」はまるで旅行の準備で忙しい女性であるかのように、慌しい状況の中にある。「ご婦人」である「自然」は、季節と季節の間の変化に対応できるほどエネルギッシュである（「自然は準備をして／時間の余裕もある」）。実際、一般的な「ご婦人」と違って、「自然」は落ち着いた調子で存在し、季節の変化に備えて準備をするほど十分な時間があるのである。
　第3スタンザは、ペルソナの目が自然の微妙な変化や、その移ろいゆく様子に焦点が当てられていることを示している。さらにこのスタンザは、自然のちょっとした変化や現象がより美しく、より心に響くと主張しているのである。我々は季節がそっと過ぎた直後になって、自然の見事な佇まいを感じることになる。そのため、この詩は我々人間に、美しいものが私

たちの目の前に静かに存在している時には、その美しさや貴重さになかなか気付かないものだと教えている。

　こうして、誰も自然の「美」の領域に辿り着けないのである。

　　Must be a Wo—
　　A loss or so—
　　To bend the eye
　　Best Beauty's way—

　　But—once aslant
　　It notes Delight
　　As difficult
　　As Stalactite—

　　A Common Bliss
　　Were had for less—
　　The price—is
　　Even as the Grace—

　　Our Lord—thought no
　　Extravagance
　　To pay—a Cross—　　　　　（Fr 538）

　　最高の美の方に
　　目を向けることは
　　悲しみか
　　喪失に違いない

　　しかし、一度斜めに見ると

目は鍾乳石のような
困難な
喜びに気付く

よくある至福なら
より少ない額で手に入るだろう
その値段は
恩恵と同じぐらいである

我々の主は贅沢なことだとは
考えもなさらなかった
十字架を支払うことを

　デイヴィッド・ポーターが、「極端に圧縮されている難解な言語が、こうして言語外で伝わる力強い強制力を保持している」[4]と指摘しているように、この高度なまでに凝縮された詩は、効果的な機能を果たしている。彼のコメントは、こんなにも圧縮されたスタイルこそが、豊かな解釈を生み出し、平易なスタイルと思えるような中でさえも、ディキンスンの強力な言葉遣いを示していることを伝えている。

　この詩によると、「最高の美」にまなざしを向けることは、「悲しみ」か「喪失」に違いないという。この趣旨は1496番の詩と類似している。撞着語法的または矛盾した表現（"Delight／As difficult／As Stalactite—"）があるように、喜びの状況を伝えることは骨が折れることである。ディキンスンは、1263番の詩の中で、「真実をすべて語れ、だが斜めに／成功は遠回りにある」と書いている。だから「最高の美」と同様に「真実」は大変独特な価値があるので、誰も適切な言い回しで即座に言い表すことができない。逆に、ありふれた真実や美は、大した努力をしなくても手に入るのだろう（「よくある至福なら／より少ない額で手に入るだろう」）。

　最後のスタンザでは、キリスト教的な視点が見られ、その問題について

的を射た考え方だとコメントする批評家たちがいる。キリスト教的な放棄と美的な視点に関して、ベス・マックレイ・ドリアーニは、ジョナサン・エドワーズの「宗教的愛情に関する論文」に言及して、「悲しみ」を「放棄」、「美」、「真実」と結びつけている。538番の詩の中で、「主」は、「贅沢なこと」である「十字架」が、高価なものであるとは考えていないのである。つまりは、人が最高の「美」に近づくための条件として、「究極の試練」を経験しなくてはならない。「最高の美」という「望みのない」経験は、詩を書くことをとおして彼女の理想の美を追求するように刺激している。たとえ、彼女が生涯にわたって困難に耐えなくてはならなくても、偉大な詩人の使命として真摯に受け止めなければならないのである。

　この章の最後の詩も、無駄を省いた簡潔なスタイルで書かれている。

> They have a little Odor—that to me
> Is metre—nay—'tis melody—
> And spiciest at fading—indicate—
> A Habit—of a Laureate—　　　　　（Fr 505B）

> 彼らにはかすかな香りがする
> 私にとってそれは韻律、いや、美しい調べ
> そして消える時に最もつんとする
> それが桂冠詩人の習性を賞賛する

　代名詞の「彼ら」は詩の最後まで名前が明かされないままになっているが、ペルソナにとっては、「かすかな香り」がする。花々のこのわずかな「香り」は、「韻律」や「調べ」となる。普通、「香り」というものは徐々に薄れていくが、この詩的な「香り」は「消える時に最もつんとする」のである。最後の行が示すように、それこそが、「桂冠詩人」の作品なのである。

　ロバート・マッカラー・スミスは、「もし花が詩であるなら、詩は修辞の

［花］である」[8]と述べている。もう少し分かりやすく言うと、ディキンスンは、自分自身の詩である修辞の「花」は、かすかな「香り」を放つが、その「花」は作者（詩人）の死後も、心が傷ついた人を刺激し、慰める時には強い「香り」を放つ。「桂冠詩人」は、最も栄誉のある詩人のことを指す。詩人としての力量を認められた「桂冠詩人」は永久に名を残し、賞賛されるだろう。

　これまで考察した詩が示したように、ディキンスンの美意識は複雑で多重な局面を持っていることが分かった。なぜなら本当の「美」はたまにしか現れないし、しかもそれを正確に言葉で言い表そうとしても、頭の中でふっと消えてしまう。私たちはしばしば、それが消えた後に、「美」の存在を意識することがある。「最高の美」に直面するためには、人として、「放棄」や「悲しみ」という負の側面を経験しなくてはならない。こうして、ディキンスンは自分自身の「美」の定義を確立していきながらも、「かすかな香り」の続く秀逸な詩を書こうと決心したに違いない。そして、たとえ生前には認められなくても、「桂冠詩人」にふさわしいような詩人になることを決意したのである。

　この章を通して、ディキンスンの幾つかの詩や、エマーソンの詩を選びながら、彼女の複雑な「美」の定義を追究しようとした。また、彼女の美意識の根底にある複雑な思索や定義を考察してきた。例えば、花は自然に属する「美」を代表するものであるが、ディキンスンにとっては、喜びだけではなく、悲しみをも喚起する。言い換えれば自然の中の「美」は、人が自然の美しさに近よりたいと思えば思うほど、自然が人々を遠ざけるのである。

　さらに、「美」は「悲しみ」や「喪失」といった自己犠牲を要求するのである。真の「美」への探求はエマーソンの美への考え方とは異なり、多くの困難を必要とする。しかし、ディキンスンはそれらの困難を乗り越えようとするのである。よって、ディキンスンは真の「美」に出会うために、艱難辛苦を乗り越えながら、地道に詩を書き続けたのである。

[注]

1) Ralph Waldo Emerson, *Nature: Addresses and Lectures,* ed. Edward Waldo Emerson, vol. 1 (New York: AMS P, 1968) 15.
2) Ralph Waldo Emerson, *Poems of Ralph Waldo Emerson* (New York: Thomas Y. Crowell Company, 1965) 3.
3) 新倉俊一『アメリカ詩の世界――成立から現代まで』(大修館書店、1981 年) 104。
4) David Porter, *Dickinson: The Modern Idiom* (Cambridge: Harvard UP, 1981) 51.
5) Beth Maclay Doriani, *Emily Dickinson, Daughter of Prophecy* (Amherst: U of Massachusetts P, 1996) 169.
6) Doriani 169.
7) Karl Keller, *The Only Kangaroo among the Beauty: Emily Dickinson and America* (Baltimore: The Johns Hopkins UP, 1979) 93. ケラーは、この詩の中の"trial" は、"Essential Oils―are wrung―" (Fr 772B) を想起させると言っている。
8) Robert McClure Smith, *The Seductions of Emily Dickinson* (Tuscaloosa: U of Alabama P, 1996) 2.

第**6**章

ディキンスンの夏の詩

　本章ではディキンスンの想像力について、何編かの詩を取り上げながら考察する。ディキンスンの自然詩、とりわけ夕暮れや晩夏をモチーフにした詩は、多くの読者を魅了する。その要因として考えられるのは、ディキンスンが繊細な観察力や美に対する鋭敏な感受性を持ち合わせていたことである。つまり、ディキンスンの詩を読むと、季節の移り変わり、刻々と様変わりする空の色、さらには小動物の躍動にいたるまで緻密に観察していることがうかがえる。

　詩だけではなく、ディキンスンが書いた書簡も、彼女の物事の考え方や、当時の歴史的背景と言った情報が詰まっている貴重な資料ともなっている。彼女の書簡も難解なものばかりではあるが、詩人としての立場を知る上で欠かすことができないものである。そこで、次の書簡を読むこととする。

> The long life's years are scant, and fly away, the Bible says, like a told story—and sparing is a solemn thing, somehow, it seems to me—and I grope fast, with my fingers, for all out of my sight I own—to get it nearer—[1]

> 長い人生の年月は短く、飛んでいく、と聖書は言っています。語られた物語のように―そして倹約は厳粛なものです、どういうわけか、私にはそう思えます。そして私は指でしっかりと手探りします。私が所

有していて私が見えないすべてを─より近づけるために。

　ここでディキンスンは、時間というものは急速に過ぎ去ってしまうことを説明している。英文の方に注意を向けると、"s"で始まる単語を多用する一種のアリタレーションの技法を用いている。内容としては、ディキンスンは目の前に飛んでくるものを「指で」捕まえようとするのだが、「指で」というフレーズは、言葉で目に見えないものを捉える、という考え方に置き換えても良いだろう。

　実際、我々は彼女の約1800編近い詩の中から消失、すなわち自然の微妙な変化を表した詩を何編か見ることができる。さらに、こういった詩は彼女の「美」を定義した詩とも関係することもある（「美には原因があるのではない─そこに存在するのだ／それを追いかければそれは消え／追いかけなければそれは留まる」［Fr 654］）。ここで、新たな疑問が起こる。ディキンスンの美意識は、彼女の最も深い部分の思想、すなわち詩作という概念を反映しているのだろうか？　一般的に知られているように、ディキンスンは季節の移り変わりに大きな関心を抱いている。季節の移り変わりについては、2つのポイントがある。1つ目は穏やかで微妙な変化、2つ目は反対に、迅速で瞬間的な変化である。この2つの見方が、ディキンスンに数々の自然詩を書くことを可能にさせ、またその結果、多彩な隠喩を生み出すことになったのである。

　この章の前半では、季節の微妙な移ろいを感じ取るディキンスンの鋭い感受性が表れている詩を考察する。この考察によって彼女の独特な感性を読み取ることになるだろう。章の後半では、ディキンスンの詩に見られる消失（evanescence）という現象に目を向け、詩人にとって最も重要なものの1つである想像力について論じる。

I

　まず初めに、ディキンスンの季節の変化に対する微細な観察力に注目し

第 6 章　ディキンスンの夏の詩　｜　107

てみよう。詩人には、物事を注意深く観察し、それを忠実に再現できる能力が必要とされる。そして、自然に対する洞察力も肝要だろう。そこで、しばしばアンソロジーに取り上げられる次の詩から読んでみたい。

　　As imperceptibly as Grief
　　The Summer lapsed away—
　　Too imperceptible at last
　　To seem like Perfidy—
　　A Quietness distilled
　　As Twilight long begun,
　　Or Nature spending with herself
　　Sequestered Afternoon—
　　The Dusk drew earlier in—
　　The Morning foreign shone—
　　A courteous, yet harrowing Grace,
　　As Guest, that would be gone—
　　And thus, without a Wing
　　Or Service of a Keel
　　Our Summer made her light escape
　　Into the Beautiful—　　　　（Fr 935E）

　　悲しみと同じぐらいひっそりと
　　夏は過ぎ去った
　　ついにはあまりにもひっそりだったので
　　裏切りのようには思えないぐらいだった
　　静けさが凝縮されて
　　黄昏がずっと前に始まったように
　　あるいは引き下がった午後と
　　過ごしている自然のように

夕闇が早くなり
朝が見慣れないような輝きになってきた
去っていこうとする客のように
礼儀正しく、しかし苦痛を与えるような優美さで
そしてこうして、羽もなく
船の便もなく
私たちの夏は軽やかに逃げ去った
美しいものの中に

　詩の技巧としてまず挙げられるのは、晩夏が通り過ぎていく「客」として、擬人化されていることである。そして、その「客」は、「悲しみと同じぐらいひっそりと」という表現にあるように、複雑な感情がない交ぜになっていることが分かる。ディキンスンにとって、夏は素晴らしい季節であり、精神的な高揚感を与えてくれるけれども、夏から秋へ移り変わる微妙な変化に気付く人は多くない。しかし、ここでは過ぎ去っていく「夏」に対してどこか冷やかである。その「夏」から「冬」への変化を「裏切り」（"Perfidy"）とさえ言い切っている。
　5行目以降は、季節の変化が鮮やかに記されている。例えば、「夕闇が早くなり／朝が見慣れないような輝きになってきた」とある。テキストの最後の部分は、いかに擬人化された「夏」が礼儀正しい「客」のように過ぎていくかが示される。しかし、逆に、「夏」の「苦痛を与える」ぐらいの「優美」な仕草は、人々の心を寂しい思いにさせる。「客のように」という直喩が、「夏」の最後の日々をより視覚的に、現実的なものにさせる。とうとう「夏」は「羽」もなく、「船の便」も使わずに過ぎ去ってしまう。そして、静かに「美しいもの」の中に逃れてしまう。ここでは「夏」はまさに「美しいもの」と同一視されている。しかし、「美しいもの」が何であるかは、結局最後まで明らかにされないままである。
　さらに、「美しいもの」は、誰もがそこへは到着できないところであることも述べられている。その結果、ディキンスンは四季折々の変化に対応

できないペルソナのように、拒絶感を感じてしまうのである。アンダーソンが、ここでの季節のサイクルは人間の生から死へのサイクルに等しいと言及している[2]。つまり、彼の解釈は人の一生を語るサイクルであることを提示している。この詩の「夏」は、美しい芸術の形式への変容を暗示する、すなわち、技巧的な隠喩や直喩が散りばめられた詩そのものを示している[3]、と言える。

次の詩も同様に、晩夏の微妙な変化をモチーフにしている。

> As Summer into Autumn slips
> And yet we sooner say
> The Summer than the Autumn—lest
> We turn the Sun away
>
> And count it almost an Affront
> A Presence to concede
> Of one however lovely—not
> The one that we have loved　　（Fr 1341A, stanzas 1-2）

> 夏が秋へそっと忍び込むように
> しかし私たちはむしろ
> 秋というより夏と言う
> 私たちが太陽を追い払うことがないように
>
> そしてどんなに美しくても
> 私たちが愛してきたものではなく
> 美しいものの存在を認めることは
> ほとんど侮辱であるとみなす

この詩も先ほどの935番の詩と同じようなテーマである。しかしなが

ら、1341番の方は、935番よりはるかに複雑な内容になっている。なぜなら第2、第3スタンザでペルソナは「存在」の複雑な状況を冷静に語っているからだ。もし、ペルソナが愛した「美しいもの」を認めるならば、この行為は「侮辱」("an Affront")に等しい。とりわけ、ペルソナは「夏」を象徴する「太陽」を崇拝している。しかも「太陽」はこの重要な季節の提喩としての役割を果たしている。ディキンスンにとって、疑いもなく、「夏」、特に晩夏は、語り尽くすことの不可能な、自然の最も美しい側面の1つなのである。

> There comes a warning like a spy
> A shorter breath of Day
> A stealing that is not a stealth
> And summer is away—　　　　(Fr 1560)

> 警告がスパイのように来る
> 昼間の短くなった息
> 忍び足でなくこっそり行くこと
> そして夏は去っていった

これらの詩行は、明らかに圧縮された形式で「夏」の痕跡を示している。晩夏には、日中は段々と短くなる。だから、とりわけ目に見えるこの「夏」の変化は、避けることができない季節のサイクルを、ペルソナに気付かせるのである。詩人にとって、「夏」から秋への変化に気付くことは、「警告」を受けることと等しいのである。しかしこの「警告」という言葉には、罰のような不快なイメージを喚起する。詩人の悲しみにも関わらず、「夏」は落ち着き払った様子で去っていく。それゆえ、その足取りは、「忍び足」ではないのである。詩的技巧については、ディキンスンは無駄な表現を一切用いていない。その代わりに、"s"で始まる単語の繰り返しが多く見られる（"spy," "shorter," "stealing," "stealth," and "summer"）。この技巧の

結果、詩全体に緊迫した空気が漂っている。
　次の詩も、「夏」が去っていく悲しみがよく表れている。

　　Summer—we all have seen—
　　A few of us—believed—
　　A few—the more aspiring
　　Unquestionably loved—

　　But Summer does not care—
　　She takes her gracious way
　　As eligible as the Moon
　　To the Temerity—

　　Deputed to adore—
　　The Doom to be adored
　　Unknown as to an Ecstasy
　　The Embryo endowed—　　　　　（Fr 1413）

　　私たち皆が見たことがある夏
　　私たちの中の少数がそれを信じた
　　少数の、もっと熱望したものが
　　疑いなく愛したのだ

　　しかし夏は気にもかけない
　　彼女はゆったりとしたペースで進む
　　向う見ずな者に対して
　　月のようにふさわしい態度で

　　賛美することが命じられ

賛美されるのがその宿命
その胎児が与えた恍惚については
知られぬまま

　最初の2行が示すように、多くの人々が「夏」を賞賛するが、この季節を心から好きな人はごくわずかである。にもかかわらず、「夏」は人々の賞賛を気にも留めず、マイペースで進んでいく。
　第2スタンザでは、擬人化によって「夏」の優雅な物腰を想像することができる。さらに「夏」は女性となっていて、その証拠に「彼女」が貴婦人のような雰囲気を醸し出している。さらに、「月」はギリシャ神話の女神を仄めかしている。その結果、このスタンザの言葉は「夏」の美しさと優雅さを強調し、劣った存在である「向う見ずな者」と著しく対象的となっている。
　最後のスタンザは「夏」を賛美し、ここでは"d"の音で始まる単語を多用している（"Deputed," "adore," "Doom"）。「夏」は過ぎ去った後、「恍惚」のみを残し、少数の人々を喜ばせ、満足させるのである。
　1340番は、過ぎ行く「夏」を悲しむ詩である。

Without a smile—Without a throe
A Summer's soft assemblies go
To their entrancing end
Unknown—for all the times we met—
Estranged, however intimate—
What a dissembling Friend—　　　　　（Fr 1340)

微笑みもなく、苦痛もなく
夏の心地よい集会は
うっとりするような終わりへと向かう
いつでも顔を合わせているのに、知られないまま

どんなに親密でもよそよそしく
何と偽善的な友よ

「夏の心地よい集会」とは、真夏の心地よい日々を指す。しかし、これらの「集会」は解散の知らせもなく終結してしまう。たとえこれらの「集会」が望ましい結果を必要としなくなっても、参加者たちはその余韻に浸れることだろう。最後の2行は「夏」を「偽善的な友」と呼びながら、その偽善的な雰囲気をあざ笑っている。言い換えれば、この詩が「夏」により論難を浴びせれば浴びせるほど、晩夏のふるまいがより洗練されたものになる。「夏」は無感情に振る舞って、賞賛や非難にも無関心であるが、自然のサイクルは自分のペースを守って進んでいくのである。

Summer has two Beginnings—
Beginning once in June—
Beginning in October
Affectingly again—

Without, perhaps, the Riot
But graphicer for Grace—
As finer is a going
Than a remaining Face—
Departing then—forever—
Forever—until May—
Forever is deciduous—
Except to those who die—　　　　　　（Fr 1457)

夏には二度の始まりがある
6月に一度始まり
10月に始まる

再び感動的に

　おそらく騒ぐことはないだろう
　しかし優雅さでよりいきいきとしている
　留まっている人より
　去っていくことの方がより美しいから
　それから永遠に去っていく
　5月まで永遠に
　永遠とは落葉性
　死ぬ人を除いては

　1457番の詩は、「夏」の特質を静かに語っている。そして、我々に「夏」は1年に二度巡ってくると語っている。最初は、春が過ぎた後の「6月」にやってきて、それから2回目の「夏」が「10月」に来るとある。常識的には、「夏」が過ぎれば秋にもう一度やって来るのは奇跡的なことである。しかしながら、2回目の「夏」は人々を感動させる。なぜなら彼らは、「夏」が1年の中で一度しか来ず、そして来年までは戻ってこないと思っているからである。
　次のスタンザでは、第1スタンザの2倍の行数があるが、季節の美しいサイクルを賞賛している。「夏」が秋に変わるとき、人々は秋の微妙な兆候がより明白になっていくことにめったに気付かない。さらにこの2回目の「夏」は去っていくときの態度をより確かなものにしている（「留まっている人より／去っていくことの方がより美しいから」）。「留まっている人」は大胆な客を表す、一種の提喩と見なすことができる。「去っていくこと」は優美なことではあるが、「夏」を愛する人々にとっては別れる悲しみを伝えている。言い換えれば、初夏に来る「夏」は永遠にやって来ないと感じている（「5月まで永遠に」）。最後から2行目は難解である。「落葉性」という言葉が、落ち葉と晩秋を連想させる。しかし、「落葉性」の木は、春になると再び葉を付けて、「5月」には目には眩しい緑の葉が萌

え出るのである。詩の最後の詩行は、限定的な意味では季節のサイクルに言及しているが、「死ぬ人」とは対照的に再生をも示す。それゆえ人々は「夏」を回想することによって希望の光や「喜び」を見出すことができる。

> The last of Summer is Delight—
> Deterred by Retrospect.
> 'Tis Ecstasy's revealed Review—
> Enchantment's Syndicate.　　　（Fr 1380F, stanza 1）

> 夏の最後は
> 追想によって阻止された喜び
> それは恍惚によって魅せられた回顧
> 魅了の連合

「恍惚」や「魅了」という言葉が伝えているように、「夏の最後」はディキンスンにとって喜びや魅力を与えてくれる。「夏」の美しさがディキンスンに自然美を主題にした詩を創作するように促すのである。

> The One who could repeat the Summer day—
> Were greater than itself—though He
> Minutest of Mankind should be—
>
> And He—could reproduce the Sun—
> At period of going down—
> The Lingering—and the Stain—I mean—
>
> When Orient have been outgrown—
> And Occident—become Unknown—
> His name—remain—　　　（Fr 549）

夏の日を繰り返すことができる人がいれば
夏の日より偉大だろう
その人が人類の中でもっとも取るに足らない人であっても

そしてその人は日が沈む時には
太陽を再生することができるだろう
日暮れや光のまだらのことを言っているのだ

東洋が大きくなり過ぎても
西洋が未知のものとなっても
その人の名前は残る

　この有名な詩は、ディキンスンの詩人としての決意が表れている。つまり、適切な言葉を厳選しながら自然現象を描き出していこうとする姿勢である。しかし、ディキンスンは自然を忠実に、しかも鮮やかに再現することは難しいことも承知している。そう感じているのはディキンスンだけではない。ディキンスンと同時代に活躍していたエマーソンは、まさに絵画的な自然を表現する苦悩を告白している。

> What was it that nature would say? Was there no meaning in the live repose of the valley behind the mill, and which Homer or Shakspeare[Shakespeare] could not re-form for me in words? The leafless trees become spires of flame in the sunset, with the blue east for their background, [...].[4]

自然が言おうとしていることは何だったのか？　水車の後ろの生き生きとした落着きには何の意味もなかったのか、ホメロスやシェークスピアも私のために言葉で作り直すことはできないものか？　葉を落とした木々は、東の青空を背景に夕日の中で炎の尖頭になるのか、……

エマーソンでさえ、目の前の自然現象を表現する無能さを認めざるをえないのである。だから彼は、ホメロスかシェークスピアが言葉や比喩を用いて自然の風景を再現できないだろうかと思っている。偉大なギリシャやイギリスの詩人でさえ、写真のように忠実に自然を言葉で再現することは不可能に近いのである。しかし、ディキンスンの方は大胆にも、「夏の日を繰り返すことができる人がいれば／夏の日より偉大だろう」と明言しているのである。そのような「人」とは、次の詩の中で説明されているように詩人のことである。

I reckon—When I count at all—
First—Poets—Then the Sun—
Then Summer—Then the Heaven of God—
And then—the List is done—

[...]

Their Summer—lasts a solid Year—
They can afford a Sun
The East—would deem extravagant—
And if the Further Heaven—　　　（Fr 533, stanzas 1 and 3）

すべてを数え上げるとすれば、私はこう数える
最初に詩人、それから太陽
それから夏、それから神様のいる天国
それからこのリストはお終い

［……］

詩人の夏は1年ずっと続く

彼らは東が度を越えていると思うような
太陽を作り出すことができる
そしてもし遠い天国が

　「リスト」のいちばん最初を占める「詩人」は、注意深く選んだ言葉を使って「太陽」を作り出すことができる。たとえ［詩人］が目立たない存在であっても、彼らの着実な努力によって「夏」を永遠のものにすることができる。

　話を549番に戻すと、第2スタンザで、美しい夕日を繰り返すことができる「その人」は英雄のように賞賛される。最終スタンザのように、「その人の名前」、すなわち詩人としての偉大な功績は、たとえこの世に信じられない現象が起きても残り続ける。詩の技巧に目を移すと、脚韻が印象的である。例えば、"He / be," "outgrown / Unknown" などが挙げられる。加えて、画家や詩人両方にとって重要なモチーフである夕日のテーマについては、ディキンスンも得意とするテーマであるが、画家や詩人の創作のモチベーションとして貢献している。

　画家たち同様詩人たちは「夕日」を再現することができるし、完成した彼らの作品が「夕日」を永遠のものにすることができる。作品を完成するために、目の前にある壮大な自然の風景の中に見たものを吟味することが必要である。次の詩は、回想の重要性を示している。

I'd rather recollect a Setting
Than own a rising Sun
Though one is beautiful forgetting
And true the other one.

Because in going is a Drama
Staying cannot confer—
To die divinely once a twilight—

Than wane is easier—　　　　　　（Fr 1366）

　　私は日の出を持つより
　　夕日を思い出す方が良い
　　片方が美しい忘却で
　　もう一方が真実であったとしても

　　去りゆくことには
　　留まるものが与えることができないドラマであるから
　　一度、黄昏のように荘厳に死ぬことは
　　消滅していくよりも容易なこと

　これまでに考察した詩のように、詩の語り手、ペルソナは、「日の出を持つ」より「夕日を思い出す方が良い」、と語る。見事な「夕日」は、ペルソナを魅了する。たとえ日の出が「真実」であったとしても、夕日は時間が経つのを忘れさせる。
　次のスタンザでペルソナは、回想することのメリットを熱心に語っている。「去りゆくこと」（"going"）はまさに「ドラマ」であって、「留まるもの」は真似をすることができない。"wane"という言葉は、月の満ち欠けと関係するが、それは何かの力が徐々に弱まっていくことを示す。しかし、"wane"は質素や優美さといった印象をペルソナに与えている。「荘厳に死ぬこと」は「美しい忘却」でもなく、ペルソナに感情的な効果を与えることはない。それゆえペルソナは去っていくものの「ドラマ」を見続けようとするのである。
　このように、ディキンスンは「夕日」や「夏」というものに光を当てた詩を書いたが、去っていくものや消えていくものを強調したかったのである。偉大な詩人でさえも自然の元々の形や色彩を真似ることはできないが、彼らは目に焼き付けた風景を回想し、心に浮かんだものを言葉で再現しようとしたのである。ディキンスンにとって、自然の風景は彼女を魅了

する。その結果、感動がモチベーションとなって、「回想」という動作を軸にして詩を書いていたのである。

II

次に問題となるのが、ディキンスンがどのようにして、「回想」しながら詩を書いたのか、ということである。この「回想」という思想を解明していくためには、あらゆる詩人にとって必要不可欠な、想像力を考慮に入れて論述を進める必要がある。

> A Route of Evanescence,
> With a revolving Wheel—
> A Resonance of Emerald
> A Rush of Cochineal—
> And every Blossom on the Bush
> Adjusts it's tumbled Head—
> The Mail from Tunis probably,
> An easy Morning's Ride—　　　　（Fr 1489G）

> 回転する車輪のある
> 消失の軌道
> エメラルドの共鳴
> 深紅の突進
> そして茂みのすべての花が
> そのこけた頭を元に戻す
> チュニスからの郵便馬車は、おそらく
> 軽やかな朝の一走り

詩のテーマは、羽を蜂のような音を立てて動かす小さな鳥、ハチドリ

である。ファーラッツォのコメントを借りれば、この詩は彼女の言葉やイメージを「節約して圧縮するディキンスンの賞賛されるべき才能の一例」[5]だと見なされてきた。要するに、飛翔するハチドリの様子が、鮮やかな色彩で表現されている（"Emerald" と "Cochineal"）。そして、聴覚に訴える表現も特徴的である（羽をはためかせる「共鳴」）。こうして読み進めていくと、ハチドリが花々の周りを、羽を急速に回転させて飛び回っている様子が想像できる。ハチドリの動きがあまりにも速いので、観察している人たちには、「消失の軌道」しか見えないのだろう。つまり、ハチドリの機敏な動きがうなる音のような「共鳴」を残し、そして花々が揺れ動く様子から、ハチドリが花から花へと次々に移動したことが分かるのである。そのことを、ディキンスンは無駄な言葉を一切省いて表現しているのである。そのため、彼女の詩は分かりにくく、難解となる。まさに、「消失の軌道」は我々の「理解力をかわしてしまう」[6]のである。

ディキンスンは美と消失について、次のような短い書簡を書いている。

> The little Book will be subtly cherished—
> All we secure of Beauty is it's Evanescences—Thank you for recalling us.[7]

> その小さな本は微妙に大事にされるでしょう
> 私たちがしっかり捕まえている美のすべては、その消失性にあります—私たちを思い出してくれて有難う。

書簡によれば、「消失」は「美」からのみ得られるのである。すなわち本物の「美」は、この世の「消失」するものと密接に関係している。

1633番のキーワードは、「現実」と「夢」である。

> Within that little Hive
> Such Hints of Honey lay

As made Reality a Dream
And Dreams, Reality—　　　　（Fr 1633）

あの小さな巣箱の中には
現実を夢に
夢を現実にするような
蜜の暗示が入っている

「巣箱」の中には、生の純粋な蜂蜜が入っている。3行目と4行目は詩の核心、言わば、詩作の重要な題材のことを言っている。「現実」から「夢」へのプロセスは詩の言葉によってテーマや題材、すなわち、詩で表現するのと似ている。逆に言えば、詩人は、「夢」を「現実」へ、つまり詩へと置き換えることができる。「夢」という言葉は、詩人が心の中で想像するものである。抽象的で目に見えない「夢」が1編の詩によって記録され実体化される。そのような困難な仕事を成し遂げるために、詩人は、想像力や感受性が他人より優れている人として、自分の能力を発揮しなくてはならない。
　1686番の詩では、最後に「想像力」という言葉が出てくる。

The gleam of an heroic act
Such strange illumination
The Possible's slow fuse is lit
By the Imagination　　　　（Fr 1686）

英雄的な行為の煌めきは
不思議なほどの輝き
その可能性のゆっくりとした導火線は
想像力によって灯される

ディキンスンは「想像力」という言葉を詩の中でめったに使用していない。この詩では、"gleam" や "illumination" のような光のイメージが用いられている。さらに、「導火線」からも分かるように、爆発のイメージも暗示させている。「ゆっくりとした導火線」に「想像力」で点火する人は、豊かな「想像力」を使って詩を書く詩人のことである。ディキンスンは「想像力」の役割とその隠れた可能性を「英雄的な行為」に喩えている。叙事詩のような「英雄的な行為」が読者の想像力、文学理論的に言えば、「散種や生産の文学的大系」[8]と関連している。詩人によって灯された「英雄的な行為」の「煌めき」は読者の可能性を照らし出し、彼らが違った視点から世の中を見る手助けをしている。

　「想像力」に関して、次の引用がこの詩のテーマに適切だろう。

　　　Since straightforward human language is inadequate for Dickinson's vision, the imagination takes a prominent position. Dickinson preferred the subjective world of her creative mind to the objective external reality, believing that a reduction of external light might involve an increase in clarity.[9]

　　　率直な人間の言語は、ディキンスンのヴィジョンにとって不十分なので、想像力は卓越した地位を占める。ディキンスンは客観的な外部の現実より、主観的な、彼女の創造する心の世界を好んだ、外部の光が削減することにより、明瞭さが増えていくと信じていたからだ。

ディキンスンにとって、詩的「想像力」は通常の光よりもはるかに素晴らしいものである。なぜなら彼女の「想像力」は、心の中の不可解なものを練られた言葉と比喩に彩られた表現によって、凝縮された詩へ変容させる能力をさらに強めるからである。

By a departing light

We see acuter, quite,
Than by a wick that stays.
There's something in the flight
That clarifies the sight
And decks the rays　　　　（Fr 1749）

燃え続ける灯心より
消えていく光で見る方が
より正確に見える
一瞬に過ぎ去るものの中には
視界を明るくし
光線を彩る何かがある

　この詩によると、我々には「消えていく光」によって物事を見る方が「より正確に」見える。なぜならほとんど消えかかった光は「視界」を鮮明にし、それを「彩る」からである。4行目の "something" が、何のことかは具体的に説明されていない。だからこそ、細い光は対象物に目を向けさせる何かが備わっている。対象物に注意を向けることで我々は、何か新しいものを発見できるかもしれない。このように考えると、留まるものではなく、消えていくものの方が、可能性へと導く「導火線」を与えてくれる。ディキンスンの場合、消えていく光を見ることは、想像力を豊かにし、詩作の「英雄的な行為」同様、可能性への扉を開く隠喩にもなりえるのである。

Ⅲ

　この章の初めで、ディキンスンの好きな季節である「夏」の詩を集めて考察した。特に夏の終わりごろが、詩作に富んだイメージや表現を与えてくれることが分かった。なぜなら、晩夏から秋への変化はとても穏やかなものだが、去っていくという明確な兆しがなく過ぎていくからである。

「留まるもの」より「去りゆくこと」に価値を置くことで、ディキンスンは、その自然現象に関する感受性や表現力を磨いていった。特に「ハチドリ」といった小動物への観察力も養いながら、それを心に留め「回想」を繰り返すことで、詩の中で再現することができたのである。「回想」と言えば、イギリスのロマン派詩人、ワーズワースの「水仙」やシェークスピアのソネットを思い浮かべるが、ディキンスンもまた、「回想」と「想像力」を駆使して書くことができたのである。

　「想像力」に関しては、ディキンスンは「英雄的な行為の煌めき」に喩えていた。「想像力」は、詩人や読者の可能性を単に大きくするだけではない。物事の見方をより広く、より柔軟に見ることを可能にするのである。この証拠として、ハチドリを含む、彼女の多くの詩が、未来への読者たちの感受性まで刺激し続けるだろう。それは、ディキンスンが言葉と真摯に向き合い、「想像力」と「回想」を繰り返して努力を続けた証である。

[注]

1) Thomas H. Johnson and Theodora Ward, eds., *The Letters of Emily Dickinson*, by Emily Dickinson (Cambridge: The Belknap P of Harvard UP, 1958) 410, No. 266.
2) Charles Roberts Anderson, The Stairway of Surprise (Westport: Greenwood P, 1960) 150.
3) Anderson 150.
4) Ralph Waldo Emerson, *Nature: Addresses and Lectures*, ed. Edward Waldo Emerson, vol. 1 (New York: AMS P, 1968) 17–18.
5) Paul J. Ferlazzo, *Emily Dickinson* (Boston: Twayne Publishers, 1976) 120.
6) Gudrun Grabher, Roland Hagenbüchle, and Cristanne Miller, eds, *The Emily Dickinson Handbook* (Amherst: U of Massachusetts P, 1998) 287.
7) *Letters*, No. 781.
8) Gary Lee Stonum, *The Dickinson Sublime* (Madison: U of Wisconsin P, 1990) 82.
9) Gudrun Grabher, Roland Hagenbüchle, and Cristanne Miller, eds, 282.

第3部

空白の記憶

第7章

ディキンスンの詩における喪失感

　第3部では、ディキンスンの詩作について幾つかの角度から考察を試みる。具体的には、ディキンスンがどのような環境の中で詩を書きため、ディキンスン独自の詩の技法を確立したのか論じていく。第1部から考察してきた「白」について、ディキンスンの視覚を中心的テーマにしながら、その多様性についても述べることにする。

　19世紀アメリカの詩人、エミリィ・ディキンスンの生涯については、いまだ謎の部分が多い。その謎めいた生涯を解明する手がかりとなるのが、彼女が書き残した1800編近くの詩と、彼女の家族や親しい友人に宛てた膨大な数の手紙である。ディキンスンは10代の頃は才気煥発な少女だったが、次第に白い服を着て屋敷に隠棲するようになる。そのような特異とも言える生活の中で、家族と家族以外のごくわずかな知り合いとの文通によって、世の中の出来事を知ることができた。またディキンスンは、自分の書簡の中に自作の詩を書いて送ることもあった。このように、家族だけでなく手紙をやり取りする友人たちの存在は、彼女自身にとって特別なものであったことは想像に難くない。しかしながら、人は誰しも人生の中で出会いと別れを経験する。特に、身近な人たちとの愛別離苦は、人生の中で最も辛い出来事の1つだろう。

　話をディキンスンに戻せば、彼女もまた様々な人たちとの別離や死別を経験している。その苦悩や哀惜の念は、書簡の中でせつせつと記されている。そしてさらにその経験が、詩という芸術へと昇華されているのが分かる。それを象徴するのが、詩の中で度々目にする"loss"という言葉であ

る。それは「喪失」という意味を持つだけでなく、様々な意味が内在されていることが分かってくる。そういった様々な体験を元に、ディキンスンは詩人として詩を書き続けることを選択した。視覚や聴覚による記憶を頼りに、真っ白な紙に言葉を紡いでいったのである。ここでまずは、「喪失」という言葉をキーワードにしながら、詩人としてどのような成長を遂げたのか、そしてどのような詩学を確立していったのかを論証していくことにする。

I

　ディキンスンは、弁護士だった父の元で、暮らしぶりに困らない恵まれた家庭で育った。良家の子女として家事に勤しみ、その合間を縫って読書と詩作に埋没していた。ディキンスンは教会へも行かずほとんど遠出もしなかったため、「序文」で述べたように、世間との交流が激減して孤独感を深めることになった。その孤独感を掻き消すかのように、心を許せる友人や、トマス・ウェントワース・ヒギンスン（1823-1911）やヘレン・ハント・ジャクソン（1831-85）などの知己に書簡や詩を書き送った。孤独感と詩人としての自己確立との間の心の揺れを、詩を書くことによって、冷静さを保っていたと考えられる。まずこの章では、ディキンスンが若い頃から「喪失」感に苛まれていたことを確認し、そしてその複雑な心境を辿っていくことにする。

　初めに考察する209番の詩は、ディキンスンが比較的若い頃に書いたものである。

　　I lost a World—the other day!
　　Has Anybody found?
　　You'll know it by the Row of Stars
　　Around it's forehead bound!

A Rich man—might not notice it—
Yet—to my frugal Eye,
Of more Esteem than Ducats—
Oh find it—Sir—for me!　　　　　（Fr 209）

私は先日、1つの世界を失いました！
誰か見つけてくれましたか？
世界の額のバンドに
並んだ星によってそれが分かるでしょう！

お金持ちの人ならそれに気付かないでしょう
しかし、私の質素な目にとっては、
金貨以上に尊重されるものでしょう
ああ、世界を見つけてください、私のために！

　詩の語り手であるペルソナの「私」は、単刀直入に「先日、1つの世界を失いました」と語り始めている。その「世界」とは、「並んだ星」が付いているため、発見はしやすいという。
　第2スタンザでは、皮肉めいた調子でペルソナは語っている。「お金持ち」の人ならその「世界」に気付かないという。逆に「私の質素な目」にとって「世界」は「金貨」以上のものだという。この"frugal"には、生活が「つましい」や「倹約する」[1]という意味が含まれる。よって、「質素な目」を持つペルソナには、「世界」は「金貨」以上に価値を持つ。だからこそ「世界」を失くしたペルソナは、自分のために「世界を見つけてください」と懇願するのである。ペルソナの「世界」は煌びやかで豪華絢爛たるものではなく、むしろ「質素」で居心地の良い場所だと考えられる。しかも黄金で眩しい「世界」の中にいると、目には刺激が強すぎて冷静ではいられないのである[2]。逆に言えば、ペルソナの理想の「世界」とは、「金貨」以上に価値のある希少なものであることが分かる。

「質素な目」という表現から、このペルソナは、ディキンスン自身が投影されているとみなすことは可能だろう。ディキンスンが若い頃に目の治療のため、一時期アマーストを離れていたことがあった。[3] その影響もあって、「金貨」という眩しいものに対して目を向けることは、想像以上の苦痛を伴うものだったに違いない。

次の39番の詩にも、「喪失」感が漂っている。

I never lost as much but twice—
And that was in the sod.
Twice have I stood a beggar
Before the door of God!

Angels—twice descending
Reimbursed my store—
Burglar! Banker—Father!
I am poor once more!　　　　（Fr 39）

私は二度しか失ったことがなかった
それは芝生の中であった
二度私は乞食になって
神のドアの前に立っていた！

天使たちが、二度降りてきて
私の蓄えを返済してくれた
強盗！　銀行家の父よ！
私はまたしても貧民です！

ペルソナの「私」は何かを失い、動揺したような口調で語り始めている。しかし、何を失ったのかは明らかにしていない。ただ、「二度」も失った

という。そのため、ペルソナは「乞食」となって、「神のドアの前」に立ちすくむしかない。ところが第2スタンザでは、「天使たち」がその都度ペルソナの元に来てくれて、しかも「蓄え」を「返済してくれた」のである。一方、「強盗」と「銀行家」である「父」という「神」は、ペルソナに救いの手を差し伸べることはしない。そのため、より一層貧しい身分に戻ることになるのである。「神」という絶対的な権威を持つ存在の前で、「貧民」となったペルソナはなす術がない。しかも第1スタンザだけで「二度」という単語が2回出てきていることからも、「乞食」としてやるせない気持ちで「神のドアの前」に立ち尽くすペルソナを読者たちは想像することができる。

　次の702番の詩でも、ペルソナは「喪失」感に苦しめられていたことが察せられる。

Except the Heaven had come so near—
So seemed to choose My Door—
The Distance would not haunt me so—
I had not hoped—before—

But just to hear the Grace depart—
I never thought to see—
Afflicts me with a Double loss—
'Tis lost—And lost to me—　　　　　(Fr 702)

天国がそんなに近くにやって来たのでなかったら
私のドアを選ぶような気がしたのでなかったら
その距離は私をこんなに悩ますことがなかったでしょう
以前にはそのことを望まなかったのですから

しかし私が遭遇するとは思ってもいなかった

恩恵が離れていくことを聞くだけで
　私は二重の喪失に苦しみます
　恩恵が失われて、そして私からも失われたのです

　この詩では、各スタンザの2行目と4行目が脚韻を踏む構造となっている。そしてペルソナの「私」は、自分の悲哀を切々とではあるが、終始冷静な口調で語っている。
　初めの2行は複雑な言い回しである。「天国」がペルソナの居場所に接近し、「ドア」に辿り着けるぐらいの近さにあったため、ペルソナはその「距離」に戸惑いを覚えている。なぜなら「以前には、そのことを望まなかった」からである。
　しかしながら、第2スタンザではさらなる苦しみを吐露している。「恩恵」（"Grace"）が「離れて」いくことを想定していなかったのである。そのため、「二重の喪失」（"a Double loss"）を経験することになる。つまりペルソナは、「恩恵」を失い、そして自分自身に対しては与えられることがないことを認識したからである。自分には与えられるものはなく、何も見出すことができない絶望感である。その絶望感が、「二重の喪失」という表現の中に凝縮されている。またしてもペルソナは、「貧民」という自分の困難な状況を再認識せざるを得ないのである。
　常に「喪失」感がつきまとうペルソナは、当てもなく歩き回ってしまう。

　A loss of something ever felt I—
　The first that I could recollect
　Bereft I was—of what I knew not
　Too young that any should suspect

　A Mourner walked among the children
　I notwithstanding went about
　As one bemoaning a Dominion

Itself the only Prince cast out—　　　（Fr 1072, stanzas 1-2）

　私はいつも何かを失った気がしていた
　思い出せる最初のことは
　失くしてしまったということ、何についてかは分からないが
　あまりにも若かったので誰も疑わなかった

　嘆いている者が子どもたちの間を歩いていたことを
　それにもかかわらず私は歩き回った
　たった1人の王子が追い出された
　領土を嘆く者のように

　「いつも何かを失った気がしていた」と語るペルソナは、「失った」何かを思い出そうとしているが、記憶が定かではない。「何か」を喪失した記憶だけが鮮明のようである。ペルソナでさえも、具体的なことは覚えていないので、詩の冒頭から謎に包まれたままである。ただ、ペルソナは歩きすぎたために、気付いてくれる人がいなかった、と述べられている。まるで「嘆いている者」が、「子どもたち」の間で泣いているような様子だと説明されている。一見、泣いている子どものようにしか見られないペルソナではあるが、ひたすら歩き続けるしかない。その様子はまるで、「たった1人の王子」が、「領土」を追われて悲嘆に暮れるかのようだ、と表現されている。
　後半のスタンザでは、子ども時代から成長して、知徳を備えたペルソナが、現在の心境を次のように述べている。

　Elder, Today, A session wiser,
　And fainter, too, as Wiseness is
　I find Myself still softly searching
　For my Delinquent Palaces—

And a Suspicion, like a Finger
Touches my Forehead now and then
That I am looking oppositely
For the Site of the Kingdom of Heaven—　　　(Fr 1072, stanzas 3-4)

今では年齢を重ねて、1学期分賢くなり
いつものように賢さも衰えてきているが
私はいまだにそっと探し求めている
私の怠慢な宮殿を

そして疑いが、指のように
時々私の額に触れる
私は天国の場所を
反対側に探しているのではないかと

　子どもの時より「年齢を重ねて」きたペルソナは、「1学期分」だけ賢くなったと冷静に分析している。それは当時より幾分かは、思慮分別を備えてきたことを暗示している。それでもペルソナは、子どもの頃のように探し歩いているのである。しかも「そっと」（"softly"）という副詞を付加している。つまりペルソナは、誰にも気付かれないように探し続けているのである。しかしペルソナが見つけようとしているのは、「私の怠慢な宮殿」（"my Delinquent Palaces"）である。自分が居住していたはずの「宮殿」を探すという件は、どこか矛盾している。この「怠慢な」という単語には、「罪を犯した」[4]などの強い意味合いを含む。それゆえ、この「宮殿」が「王子」の所在すら確認せずに、無責任で「怠慢な宮殿」であることが伺える。このためペルソナは、疑心暗鬼を生じている。「疑い」が常にペルソナの心に引っかかっている。ペルソナは「天国の場所を／反対側に探している」のではないかと、危惧しているのである。自分を受け入れてくれる場所が見つからないのは、「反対側に探している」からであることを

ペルソナは悟っている。これからは孤独と闘いながら、自分が安住できる場所を求めて歩き続けなければならないと、自覚しているのだろう。

これまでに、ディキンスンのペルソナが「喪失」感を語っている詩を取り上げながら、考察を続けてきた。それらの詩は、単に物質的な「喪失」を呈示しているというよりもむしろ、経済的な困窮（Fr 39）であったり、「恩恵」（Fr 702）であったり、精神的なもの（Fr 209）であったり、自分が安住できる世界（Fr 1072）であったりと、抽象的で複雑なものをペルソナが探し求めているケースが多かった。これらのケースは、ペルソナが孤独感を強く意識していることと、充足できない心を保持していることを示している。しかし、ペルソナはいつも自分自身の世界を見つけるまで、心の葛藤を繰り返しながらも、一途に前進するしか方法がないことを察知していた。

II

精神的に充足できる世界を探し求めてきたペルソナにとって、心の支えとなったものは何であろうか。この章では、ペルソナが「喪失」感を絶えず感じつつも、雑念を払拭して泰然自若の境地に辿り着けるのかどうかを論述していく。

この章の最初の詩には、「美」と「悲しみ」と「喪失」が混在している。

 Must be a Wo—
 A loss or so—
 To bend the eye
 Best Beauty's way—

 But—once aslant
 It notes Delight
 As difficult

As Stalactite—

A Common Bliss
Were had for less—
The price—is
Even as the Grace—

Our Lord—thought no
Extravagance
To pay—a Cross—　　　　　（Fr 538）

最高の美の方に
目を向けることは
悲しみか
喪失に違いない

しかし、一度斜めに見ると
目は鍾乳石のような
困難な
喜びに気付く

よくある至福なら
より少ない額で手に入るだろう
その値段は
恩恵と同じぐらいである

我々の主は贅沢なことだとは
考えもなさらなかった
十字架を支払うことを

538番の詩は非常に圧縮されたスタイルで構成されている。冒頭で助動詞の"Must"を置くことによって、強い推測を示している。しかしながら、主語と助動詞以下の述部が倒置されているため、読者には意表を突く表現となっている。

　第1スタンザから内容について考察を進めると、「最高の美の方に／目を向けること」は、「悲しみか／喪失」だという。ここでは何に対する「美」なのか明らかにされていないため、逆説的な技法が用いられていることが分かる。

　第2スタンザでは、最小限の単語や直喩で表現されているものの、より一層難解な内容となっている。内容を整理すれば、「一度斜めに見る」と、「目」は「喜びに気付く」とあるが、それが「困難な」あるいは「鍾乳石のような」ものにも釘付けになるという。「困難」なものと、石灰質の白みを帯びたようなものが、「喜び」に結び付けられるのかどうかについては、かなりの熟慮を必要とする。撞着語法、すなわち矛盾した意味の単語を意図的に並置することによって、ペルソナは「目」が捉える「美」が、いかに鮮烈かを効果的に表現しようとしているのである。

　第3スタンザでは、「美」の価値観を高めていることへの説明がなされている。通常の「よくある至福」なら「より少ない額」で十分だという。「値段」については、「恩恵と同じぐらい」という抽象的で晦渋な説明となっている。"Grace"という言葉は、先に考察した702番の詩の中にも見られた。その702番でも、「恩恵」が失われることへの恐怖感で語りが締めくくられていた。言い換えれば、「最高の美」は「恩恵」と同様に、お金には換えられない至上のものであることが分かる。逆に、お金で手に入れられるものなら、その「美」は本物ではないということだろう。

　最後のスタンザでは、「我々の主は贅沢なことだとは／考えもなさらなかった／十字架を支払うことを」という語りで終えている。この詩全体から分かることは、「最高の美」を手にするためには、キリスト教的な放棄、苦痛や「喪失」が必要であることだ。[5] 93番の詩を例に挙げれば、「水は、喉の渇きによって教えられる」とあるように、「水」の本当の味を知るた

めには、喉がひどく渇くことによってその本質や価値を知ることができる。それゆえ、「主が支払った値段は大変大きかった」し、「恩恵」に値するものである。優れた「恩恵」を手にするためには、放棄や諦めといった苦しみの代償を負うことによって得ることができる。ここで興味深いことに、「放棄は痛烈な美徳」で始まる詩（Fr 782）をも想起させる内容となっている。

ディキンスンにとって「喪失」は、「発見」と表裏一体となる場合がある。次の910番の詩を引用する。

    Finding is the first Act
    The second, loss,
    Third, Expedition for the "Golden Fleece"

    Fourth, no Discovery—
    Fifth, no Crew—
    Finally, no Golden Fleece—
    Jason, sham, too—   （Fr 910）

    発見することが最初の行為
    2番目が喪失
    3番目に「金の羊毛」のために遠征すること

    4番目に発見されず
    5番目には乗組員は見つからず
    最後に金の羊毛は見つけられず
    イアーソンも詐欺師なのだ

この910番も無駄な言葉を省いた引き締まったスタイルとなっている。その中に、6つの項目が列挙されている。まず「最初の行為」は、「発見

すること」("Finding")だという。しかし、2番目の行為は「喪失」となっていて、唐突な印象を与えている。これら2行について推察できることは、物事は所有すればすぐに「喪失」する可能性を覚悟するべきだという意味だろう。ここにはディキンスンらしい冷徹な見方が垣間見られる。3つ目には、ギリシャ神話の「イアーソン」("Jason")が奪還したという「金の羊毛」[7]のために「遠征」した話が取り上げられている。しかしながら、4つ目の点では「発見されず」("no Discovery")、その次の5つ目の点では、「乗組員」もいないという。そしてとうとう「最後に」、探し求めていた「金の羊毛」は発見されなかったとなっている。結局最終行では、「イアーソン」もまた「詐欺師」だと揶揄している。英雄の「イアーソン」に対するこの表現について、エバーウェインはこの詩が「冷笑的な姿勢」[8]を暗示していると指摘している。この詩の中では、「発見すること」と「喪失」が正反対の意味を有していると同時に、それらが同等のものとしてリストに上がっている。ペルソナは「喪失」というネガティヴなものを、2番目に位置付けることで、誰にでも起こり得る人生の試練や絶望に焦点を当てていると言える。

　次に引用する499番の詩も、「試練」を経験することの必要性や意義をテーマにしている。

Best Gains—must have the Losses' test—
To constitute them—Gains.　　　　(Fr 499)

　最高の利益は、喪失の試練を受けなければならない
　利益を構成するために

　この499番の詩は2行だけで構成された、ごく短い詩である。そしてこの499番は、1863年2月にディキンスンが、T. W. ヒギンスンに書き送った書簡の中に書き添えたものである。[9]
　詩の内容については、「最高の利益」を獲得するためには、「喪失の試練」

を経験しなければならない。その「試練」に耐えなければ、本当の意味での「利益」の神髄が分からないだろう。その「試練」を積み重ねることで、「利益」は増幅されていく。「最高の利益」というものは、たやすく手に入るほど甘くはないのである。1行目と2行目の両方に、"Gains"という単語を入れることにより、2行目の言葉に、より一層の威厳が付与されたと考えることができる。

次の1202番の詩を読む。

Of so divine a Loss
We enter but the Gain,
Indemnity for Loneliness
That such a Bliss has been. 　　　　　（Fr 1202）

こんなにも神聖な喪失について
私たちは利益だけを申請する
孤独に対する補償は
それはこのような至福だったことだ

この短い4行詩もまた、スーザン・ギルバート・ディキンスン（エミリィ・ディキンスンの兄嫁）に宛てた書簡の中に含まれている[10]。

この詩の"a Loss"は、「こんなにも神聖な喪失」と形容され、崇められている。しかしながら、「私たちは利益だけを申請する」とある。これは人々が「喪失」という苦い体験を避けてしまい、目先の「利益」だけに気持ちが集中してしまうことが述べられている。さらに"Indemnity"という単語の意味が「賠償、補償」であり、法律に関係する言葉でもある[11]。「孤独」に対する「補償」は、「このような至福」だったのだと締めくくられている。「孤独」という本当の寂しさや孤立感を経験した人には、後で「至福」という「補償」が付いてくるものなのである。本物の「至福」を勝ち得るためには、「孤独」という困難を克服することが大切で、言わば

悟りの境地に達した人のみが享受できる。だからこそ「喪失」は、「利益」の重みや貴重さを厳かに教えてくれるのである。またこの詩の内容について特筆するべき点は、ディキンスンは「喪失」という言葉に「神聖な」("divine") という形容詞を付与していることである。

　ディキンスンが若い頃に書いた、「私は指に宝石を握りしめて／眠りについた」(Fr 261) で始まる詩では、ペルソナの「私」は以下のように回顧している。

> I held a Jewel in my fingers—
> And went to sleep—
> The day was warm, and winds were prosy—
> I said "Twill keep"—
>
> I woke—and chid my honest fingers,
> The Gem was gone—
> And now, an Amethyst remembrance
> Is all I own—　　　　　（Fr 261）

> 私は指に宝石を握りしめて
> 眠りについた
> その日は暖かく、風はゆるやかだった
> 私は言った、「大丈夫だろう」
>
> 私は目が覚めた、そして私の正直な指を叱った
> 宝石が無くなっていたのだ
> そして今、紫水晶の思い出が
> 私の持っているすべて

　まるで少女のようなペルソナの「私」は「指に宝石を握りしめて／眠り

についた」が、目覚めたときに「無くなっていた」ことに気付く。そこで「正直な指を叱った」のだが、それは寝ている間に無くなるかもしれないと予期した結果、そのとおりになり、「正直な」という言葉を使用したのだろう。「宝石」は紛失してしまったが、「今」では「紫水晶の思い出」("an Amethyst remembrance")だけが残っている。大事な「宝石」が、「今」では目には見えない「思い出」へと変容した。だが、その「思い出」は「紫水晶」のように紫色に煌めいて、心の中で消失することはない、とペルソナは語っている。この詩には大事なものを失うという怖さと同時に、生きている限り、物はなくなっても、心の中で「思い出」や印象は永久に残るという確信のようなものが読み取れる。そのことは「夢だけでもよい／もしミツバチがほとんどいないなら」(Fr 1779) という詩文にも表れている。たとえ何かを構成するもの、もしくは目に見えるものが消失してしまったとしても、「夢」のように心の中に記憶されていることや思い描いていたものがあれば、芸術作品の中に再現することは可能だ、という意味である。詩を文学の1つの形態とみなせば、詩人は自分の目で見て、心に焼き付けたものと想像力を元に、完成された詩として後世に伝え続けることができる。つまり、詩人は洞察力と鋭敏な感受性、そして想像力を具えていれば、画家がキャンバスで表現するように、詩の中で表現できる才能を持っているのである。「思い出」や「夢」は詩人の頭の中で何度も蘇り、決して色褪せることはない。想像力と選び抜かれた言葉が混然一体となり、やがて読者に驚くべき影響力を及ぼすことになるだろう。

　この章では、「喪失」という言葉の定義が複数の側面を持っているため、必ずしも負の側面ばかりを内包しているとは限らないことが分かってきた。「最高の利益」を獲得するためには、「喪失の試練」が必要であるように、「喪失」はその人に試練を与えて、精神を鍛錬する役目を担うものだと言える。だから人は、常に失ったものを探し続けながら、人生の旅路を歩いていくのだろう。逆説的にも、人は「発見」と「喪失」の真意を理解していれば、欲を出し過ぎて目先の「利益」に囚われた挙句に失敗するという事態を避けることができる。考察した499番と261番の詩は、「喪失」

は新たな力を生み出す原動力になることを暗示している。「喪失」をただ恐れるだけでなく、むしろ心の豊かさの源になることを知っていれば、動揺することなく達観した心境を保つことができる。

Ⅲ

　この章の前半と後半で、ディキンスンの「喪失」感をテーマにした詩を読み、考察を進めてきた。全体をとおして理解できたことは、ディキンスンの「喪失」をめぐる詩には、複雑な要素が重層的に内包されていた点である。

　前半では、ペルソナが「喪失」に直面し、貧しくなって必死に救いを求めて歩き回っている様子が見られた。そこでは、失うということ自体への恐怖や不安が、詩の中に渦巻いていた。時には「二重の喪失」に喘ぐペルソナの姿があった。「天国」の場所へ反対方向に進んでいるのではないか、と疑念を持ちつつも、ペルソナは自分の信念を頼りに歩みを進めた。ディキンスンが若い頃に「喪失」についての詩を書いたり、書簡の中でも言及したりしていたことからも分かるように、ディキンスン自身が孤独と「喪失」感を経験し、葛藤に苛まれていたと考えられる。

　一方、後半では前半の詩とは内容も解釈も異なり、中には「喪失」を肯定的に受け止めていた詩もあった。何かを得るための達成感や喜びを味わうためには、「喪失」の経験という痛みを受けなければならない。何かを失うことによって、新たな発見につながることもある。たとえ大事なものを失ってしまったとしても、記憶の中に永久にそれを留めることができる。それが大きな心の拠り所に繋がるのである。

　この章で詩を語ったペルソナには、ディキンスンの生涯の一端が投影されていると言って良いだろう。特に若い頃のディキンスンは信仰上の問題、詩人としての葛藤などで悩んでいたことが分かる。それでもペルソナが歩みを止めなかったように、ディキンスンも詩人としての自己を確立し、雑念を払拭して詩を書き続けた。「『無』は／世界を新しくする力」

(Fr 1611) という一文が示すように、何もない空白または「無」の状態から、詩人は記憶力と想像力を駆使して、1編の詩を書き上げることができる。そして、それは詩人が亡くなった後も読者に読まれ続けていく。それゆえ、「喪失」はディキンスンにとって、心を鍛え、かつ刺激を与えることができる上でも、欠くことのできない「試練」なのである。

[注]

1) 『ランダムハウス英和大辞典』第2版（小学館、2002年）1069。
2) Richard B. Sewall, *The Life of Emily Dickinson* (Cambridge, Massachusetts: Harvard UP, 1974) 606, n9.
3) Sewall 398.
4) 『ランダムハウス英和大辞典』第2版（小学館、2002年）710。
5) Beth Maclay Doriani, *Emily Dickinson, Daughter of Prophecy* (Amherst: U of Massachusetts P, 1996) 169.
6) Doriani 175.
7) ギリシャ神話の英雄。イアーソンによるコルキス遠征にて、黄金の羊の毛皮を獲得した。マイケル・グラント、ジョン・ヘイゼル著、西田実主幹『ギリシア・ローマ神話事典』（大修館書店、1988年）109-11。
8) Jane Donahue Eberwein, *Dickinson: Strategies of Limitation* (Amherst: U of Massachusetts P, 1985) 66.
9) Thomas H. Johnson and Theodora Ward, eds., *The Letters of Emily Dickinson* (Cambridge, Massachusetts: The Belknap P of Harvard UP, 1958) 423, No. 280.
10) *Letters*, 489, No. 364.
11) 『ランダムハウス英和大辞典』第2版（小学館、2002年）1361。

第8章

ディキンスンの詩における視覚と聴覚

　19世紀のアメリカの詩人、エミリィ・ディキンスンとほぼ同時代に活躍していたヘンリー・デイヴィッド・ソローは、ウォールデンの森に2年以上にわたって独居生活を敢行し、その体験談を元に『ウォールデン——森の生活』という作品を上梓した。その作品からは、ソローがウォールデン湖畔での四季の移り変わりを熱心に観察した様子がうかがえる。中でも「音」("Sound")という章[1]では、様々な鳥に関心を寄せて、それらの鳴き声に耳を澄まし、聞こえてきた囀りを言葉で書き記している。

　一方、ディキンスンと同じ時代に活躍したウォルト・ホイットマンは、例えば "Salut Au Monde!"[2] という詩の中で、「見る」ことだけではなく、「聞く」ことにも重点を置きながら、"I hear..." という表現を繰り返し用いている。

　話をディキンスンに戻せば、彼女が自然を題材にした詩を多く書き残していたことは、周知の事実である。例えば、ディキンスンが度々モチーフにした「鳥」については、その生態を観察するだけでなく、それが囀る歌声についても注目している。

　しかしながら、ディキンスンの場合、ソローのように動物の鳴き声だけでなく、本章で論述するように、詩人独特の「聞く」動作がソローやホイットマンとは異なる形式で表現されていることが分かる。そこで本章では、ディキンスンが「見る」ことと同等に「聞く」ことを重視した理由を探ることにする。それによって、ディキンスンの「聞く」すなわち聴覚が、自然界との関わりだけでなく、内面世界への自己の探求にも波及していたこ

とを明らかにする。

I

　詩人にとって、ある対象を細かく観察することが、大変重要な行動であることは周知の事実である。詩人が自分の目で見て感じたことを、言葉でどのように再現するかが、詩の出来栄えを左右する。しかしながら、自然などをテーマにした詩は、鋭敏な観察力と感受性を必要とする一方、心の中の喜怒哀楽などの感情を詩の中で表現するには、卓越した言語感覚や多彩な比喩を使い分ける技術が必要となる。そこで最初に取り上げる詩は、「私が死んだ」と表明しているペルソナの「私」が、心の状態が麻痺していく様子を述べている。

> I heard a Fly buzz—when I died—
> The Stillness in the Room
> Was like the Stillness in the Air—
> Between the Heaves of Storm—
>
> The Eyes around—had wrung them dry—
> And Breaths were gathering firm
> For that last Onset—when the King
> Be witnessed—in the Room—
>
> I willed my Keepsakes—Signed away
> What portion of me be
> Assignable—and then it was
> There interposed a Fly—
>
> With Blue—uncertain—stumbling Buzz—

Between the light—and me—
And then the Windows failed—and then
I could not see to see—　　　　（Fr 591）

私が死んだ時、1匹の蠅がうなるのを聞いた
部屋の中の静けさは
嵐のうねりの間の
大気の静けさのようだった

周りの目には、涙が涸れてしまっていた
呼吸はだんだんとしっかりしてきた
王が部屋に姿を見せる時の
最後の攻撃に備えて

私は私の形見を遺贈した
私の分け与えられる物に署名した
そしてその時だった
1匹の蠅が間に入り込んできたのは

憂鬱で不確かでよろめくような蠅が
明かりと私の間で飛んでいた
それから窓がかすんで、そして
私は見ようとしても見えなくなってしまった

　ペルソナの「私」は死んだ時の様子を冷静に語っている。第1スタンザの中で二度使用されている"Stillness"という言葉が、葬式の厳かな空気を作り出している。第2スタンザのように、死後には神である「王」が現れるはずだと期待して準備をするが、結局は現れてはくれず、弱々しく唸る「蠅」がペルソナの眼前を飛んでいるだけである。つまり、死後に明ら

かになるのは、迎えに来るはずの神ではなく、「蠅」の唸り声が聞こえるだけである。そしてついに、視界からは見えるはずのものも、「見えなくなってしまった」ことが分かる。ここでは、当時の伝統的な死の瞬間の儀式に対する「皮肉な逆転」[3]が描かれている。最後の瞬間に見えたものは、1匹の小さな生き物だけである。そしてペルソナはついにそれ以外は何も「見えなくなってしまった」のである。

　次に340番の詩を読む。

> I felt a Funeral, in my Brain,
> And Mourners to and fro
> Kept treading—treading—till it seemed
> That Sense was breaking through—
>
> And when they all were seated,
> A Service, like a Drum—
> Kept beating—beating—till I thought
> My mind was going numb—
>
> And then I heard them lift a Box
> And creak across my Soul
> With those same Boots of Lead, again,
> Then Space—began to toll,
>
> As all the Heavens were a Bell,
> And Being, but an Ear,
> And I, and Silence, some strange Race
> Wrecked, solitary, here—
>
> And then a Plank in Reason, broke,

And I dropped down, and down—
And hit a World, at every plunge,
And Finished knowing—then—　　　　　（Fr 340）

私は頭の中に葬式を感じた
弔いの人たちがあっちこっち
歩き回り歩き回り
感覚が壊れそうだった

そして参列者が全員座ると
礼拝の音楽がドラムのように
鳴り響き鳴り響き
心が麻痺しそうだった

次に棺が持ち上げられるのを聞いた
また鉛の長靴と同じような
軋んだ音が私の魂を突き抜けた
すると宇宙が弔いの鐘を鳴らし始めた

天界一体が1つの鐘となって
存在が1つの耳となり
私と沈黙は異人種となって
ここで難破し、1人となった

次に理性の板が壊れ
そして私はどんどん下へ落ちていった
そして落ち込む度に1つの世界にぶつかり
それからしまいに何も分からなくなった

この詩は、心が「麻痺」した様子を「葬式」の場面を織り交ぜながら展開している。「頭の中に葬式を感じた」ペルソナの「私」は、棺の中にいて周囲の様々な音を聞いている。例えば「弔いの人たち」が歩き回り続けているために（"Kept treading—treading—"）、ペルソナの感覚も壊れそうになっている。

　第2スタンザでは、「棺」の中にいるペルソナの聴覚はさらに鋭くなっている。音楽が「鳴り響き」続けているために、「心が麻痺しそうだった」とペルソナは語る。第1スタンザの（"Kept treading—treading—"）や、第2スタンザの（"Kept beating—beating—"）のように、似たような表現が繰り返されている。それによって「ドラム」のように心が徐々にダメージを受けている様子が分かる。

　第3スタンザでは、ペルソナはさらに騒音に苦しめられる。「軋んだ音」がペルソナの「魂」を突き抜け、さらには「宇宙が弔いの鐘を鳴らし始めた」のである。第4スタンザでも述べられているが、その音量が巨大な鐘のように、心に鳴り響くのである。そのため、存在そのものが「耳」となって、「鐘」の大音量を受け止めなければならない。今のこの状態でペルソナの仲間となるのは「沈黙」であり、「私」と「沈黙」は「異人種」となって「難破」し、取り残される。最後のスタンザではついに「理性の板」が崩壊し、どんどん「下へ落ちていった」のである。ここでも、"down"という単語が繰り返し使われている。下に落ちていく「私」は「世界」にぶつかり、何が起こっているのかさえも分からなくなっている。

　この詩を読了後、最も印象に残る表現は、第4スタンザの2行目だろう。ペルソナは「葬式」のイメージによって、正常な感覚もさることながら、「理性の板」さえも崩壊して苦悩する。「棺」の中にいるため、五感の中で聴覚が優位に立って、周囲の雑音を感じ取ってしまうのである。ナップは「耳」がこの詩の焦点だと述べ、その言葉は「視覚、聴覚、観念的な要因の相互作用」[4]の役割を果たすと説明している。つまり、「耳」が発達することによって、周囲の大音量を受け止めることになる。ペルソナは外の世界が見えない分、聞こえてくる音のイメージから想像を膨らまして詩

の言葉に置き換える。また、詩の技巧から考えれば、ここでの「耳」は「耳」をすましている人間、すなわち人を表す提喩ということになる。しかし結局は、ペルソナの苦悩はさらに増大するばかりで、「理性」さえも壊れてしまうことになる。「世界」にぶつかりながら下へ落下し、ついに思考が働かない状態へ陥る。

　この章で考察した2つの詩は、ペルソナが死んだ状態か「葬式」を意識するような状況で始まっている。591番では、死の場面でも「王」は現れず、「窓」も壊れた結果、ペルソナは何も見えなくなった。ただ「蠅」の唸り声が「耳」の中で残るのみである。340番の詩でも、ペルソナは聴覚が発達しているために、周囲から聞こえる不快な音によって錯乱状態になっている。何も見えないからこそ、さらに聴覚が発達するのである。また、「目を取り出してもらうまでは」で始まる336番の詩の最終スタンザを引用する。

　　So safer—guess—with just my soul
　　Opon [Upon] the window pane
　　Where other creatures put their eyes—
　　Incautious—of the Sun—　　　　　（Fr 336B, stanza 5）

　　だから窓ガラスに自分の魂を置いて
　　想像する方がより安全なのだ
　　他の生き物たちは不注意に太陽に
　　目を向けるのだが

　ここではペルソナが、「だから窓ガラスに自分の魂を置いて／想像する方がより安全なのだ」と結論を述べている。他の人が太陽を直接見る一方で、自分は屋内から直射日光を避けて見る方が目への刺激が少ないという意味である。この内容については、ディキンスンが実際に目の病気に罹患して治療を受けたことがある[5]、という事実と関連する。したがってこのス

タンザは、ディキンスンの実体験が土台となっていると考えることは可能であるし、彼女が視力に対してのコンプレックスを強く持っていたであろうことは想像に難くない。ディキンスンは目に対するコンプレックスを聴覚で補い、自然などの対象物だけでなく、苦悩や絶望といった抽象的なテーマにおいても、耳で聴いて感じたことを選び抜いた言葉で表現しようとした。

II

　ディキンスンが書いた多くの詩の中で、「目」や「耳」という言葉が使われた詩は、これまでで考察したようにネガティヴな内容も含んでいる。しかし、次の348番を読むと、ペルソナが自分の詩論について力強く語っているのが分かる。

> I would not paint—a picture—
> I'd rather be the One
> It's bright impossibility
> To dwell—delicious—on—
> And wonder how the fingers feel
> Whose rare—celestial—stir—
> Evokes so sweet a torment—
> Such sumptuous—Despair—
>
> I would not talk, like Cornets—
> I'd rather be the One
> Raised softly to the Ceilings—
> And out, and easy on—
> Through Villages of Ether—
> Myself endued Balloon

By but a lip of Metal—
The pier to my Pontoon—

Nor would I be a Poet—
It's finer—Own the Ear—
Enamored—impotent—content—
The License to revere,
A privilege so awful
What would the Dower be,
Had I the Art to stun myself
With Bolts—of Melody!　　　　（Fr 348）

私は絵を描こうとは思わない
むしろ私がその1枚になろう
それは輝く不可能
心地よく留まって
そして指がどのように感じるか考えることは
そのまれな天上の騒ぎは
大変快い拷問と
こんなにも贅沢な絶望を思い出させる

私はコルネットのように話そうとは思わない
むしろ私がそれになろう
天井へと穏やかに上っていき
飛び抜け、軽々と上っていく
エーテルの村を通り抜けて
私自身は気球を装う
ただ金属の唇によって
私の舟橋の橋脚によって

私は詩人になろうとは思わない
耳を持つことの方が素晴らしい
魅惑され、無力になり、満足する
崇めるべき許可証
なんという恐ろしい特権なのだろう
私が自分自身で気絶する芸術を持つとしたら
天賦の才能とはどのようなものだろう
旋律の稲妻で！

　第1スタンザでは、「絵を描こうとは思わない」としながらもペルソナは、「むしろ私がその1枚になろう」と述べている。このスタンザの後半では、"sweet"と"a torment,""sumptuous"と"Despair"のように撞着語法が使われている。[6] この技法は、一見矛盾した単語を組み合わせることで、読者にも大きなインパクトを与えることができる。
　第2スタンザでは、楽器の「コルネット」が出てくるが、ペルソナはむしろ「コルネット」になりたいと表明している。そして気分が高揚して「天井」まで軽やかに上昇して、「気球」にもなろうとしている。
　第3スタンザになって、ようやく「詩人」の話になるが、ペルソナはそれにもなりたがらない。「耳を持つことの方が素晴らしい」と断言する。そうすれば、「魅惑され、無力になり、満足する」と書かれている。最後の難解な隠喩、「旋律の稲妻」で「自分自身で気絶する芸術を持つとしたら」とペルソナは語る。これは「耳」を持つ詩人にとっても、詩を読む読者にとっても大変な驚愕の経験となる。
　ヘレン・ヴェンドラーは、この詩の「耳」はディキンスン本人を表す提喩であること[7]を指摘している。この技法は前半の340番の詩の中でも見受けられたが、全身が「耳」になるとは、すなわち体全体でメロディーを受け止め、やがて「気絶する」程の衝撃や感動を体感するという意味だろう。この「恐ろしい特権」を持っているのは詩人である。詩人ならば自分でも驚くような芸術である詩を読者にも読んでほしいものである。詩人が自分

第 8 章　ディキンスンの詩における視覚と聴覚　│　157

の創作力を高めるためには、自分自身も読者の立場に立って詩を読むことも重要となる。
　次の 718 番は、2 種類の「耳」について語っている。

　　The Spirit is the Conscious Ear—
　　We actually Hear
　　When We inspect—that's audible—
　　That is admitted—Here—

　　For other Services—as Sound—
　　There hangs a smaller Ear
　　Outside the Castle—that Contain—
　　The other—only—Hear—　　　　　（Fr 718）

　　精神は意識のある耳
　　私たちが視察する時は、実際聞こえている
　　それが聞こえるということ
　　それがここにいることを認められるということ

　　音のように、他の役目にとっては
　　もっと小さな耳が掛けられている
　　内部を含む城の外側に取り付けられている
　　もう 1 つの耳だけが聞こえている

　2 連から成るこの短い詩を通読すると、各連の 2 行目と 4 行目が韻を踏んでいることが分かる。さらには、2 行目の "Hear" と 4 行目の "Here" が同音異義語として脚韻を踏んでいることが特徴になっている。[8]
　詩の内容について、まず 1 行目で「精神は意識のある耳」と定義されている。そして「私たちが視察する時」、つまり目で見ている時には、既に

「聞こえている」("audible")状態なのである。

　第2スタンザでは、「音」を聞くといったような「他の役目」については、「もっと小さな耳」が外側に「掛けられている」という。しかし、その「耳」は「城」の外に向かって取り付けられているものである。最後の2行はダッシュを多用し、厳選された言葉しか使用されていないため、解釈が難しい。しかしあえて解釈すれば、「音」を聞く「もっと小さな耳」が肉体的な「耳」であるため、「城の外側」に取り付けられている。さらに「城」という言葉から、大きくて安全な建物というイメージを喚起する。その建物内部から発する声を聞くのが、「精神」すなわち「意識のある耳」となるのである。「意識のある耳」だからこそ、「城」の中に入ることが「認められる」のである。つまり、「城」という言葉が心を表す隠喩とみなせば、「意識のある耳」は、心の奥底の感情や思想なども聞き出すことが可能ということである。

　次の詩の引用では、語り手のペルソナが聴覚と視覚の関係について述べている。

　　I heard, as if I had no Ear
　　Until a Vital Word
　　Came all the way from Life to me
　　And then I knew I heard—

　　I saw, as if my Eye were on
　　Another, till a Thing
　　And now I know' twas Light, because
　　It fitted them, came in.　　　（Fr 996, stanzas 1-2）

　　私は聞いた、まるで耳がないかのように
　　やがて生きた言葉が
　　人生から私までずっとやってきたことが分かった

それから私は聞いたと分かった

私は見た、まるで私の目がもう 1 つの目についていたかのように
やがて 1 つのものが
今ではそれは光であることが分かった
なぜならそれは目に適合して入ってきたかのようだった

　ペルソナの「私」は「まるで耳がないかのように」と言いながら、「聞いた」と不可解な語りで始めている。読み進めていくと、「生きた言葉」が、ペルソナの方にやって来たと書かれている。つまりここでは、詩人であるペルソナが、詩を書いている時に心の中に浮かんだ言葉のことを言っているのだろう。「耳がないかのように」という表現からも、これは肉体的な耳のことではなく、詩作に没頭している時に頭の中に浮かんだ言葉や詩的インスピレーションのことを言い表している。
　第 2 スタンザでは「目」のことが書かれている。「まるで私の目がもう 1 つの目に付いていたかのように」とあり、それが「光」であることが分かる。「光」が「目に適合して」きたため、「私は見た」とペルソナが言っている。これはこの章で考察した、物事を直視せず、魂を「窓ガラス」に置いて見る、という内容の 336 番の詩を思い出させる。996 番では、ペルソナは自分の目というより、もう 1 つの目、つまり心の目を通して見ることが可能だと述べている。
　これまで取り上げた詩は、詩人にしては特異なイメージを演出しているものが多かった。348 番では詩人になろうとするより「耳を持つことの方が素晴らしい」と書かれていた。詩人になるよりもまず、「耳」を持つ聞き手となって、「魅惑され、無力になり、満足する」というような体験が必要なのである。同時に、詩人の時には、「旋律の稲妻」で読者を魅了することが大事であり、「自分自身で気絶する芸術」を使ってまるで気を失うような詩を書くことも必要である。ただ、「耳」を持つだけでなく、「旋律の稲妻」に値するような詩を書きたいとペルソナは願っている。また、

718番の詩で解釈したように、心の声を聞き分ける「耳」が大事となる。精神の中にある「耳」は、視覚による助けは必要ないのだろう。精神の中でこだまする声を聞き取ることこそが、ディキンスンが主張する「耳を持つこと」だと考えられる。

III

　ディキンスン自身がいかに「耳」という器官を重視したかが、これまでの考察から明らかになってきた。この章ではさらに、ディキンスンの「聞く」をテーマにした詩を取り上げて、結論へつなげていきたい。
　次の402番は、「コウライウグイス」をモチーフにした詩である。

> To hear an Oriole sing
> May be a common thing—
> Or only a divine.
>
> It is not of the Bird
> Who sings the same, unheard,
> As unto Crowd—
>
> The Fashion of the Ear
> Attireth that it hear
> In Dun, or fair—
>
> So whether it be Rune—
> Or whether it be none
> Is of within.
>
> The "Tune is in the Tree—"

The Skeptic—showeth me—
"No Sir! In Thee!"　　　　（Fr 402）

コウライウグイスの鳴き声を聞くことは
ありふれたことかもしれないし
またはただ神聖なことかもしれない

それは群衆に歌うように
同じ歌を聞こえないぐらいに歌う
鳥のせいではない

耳の聞き方で
それは陰気にも、美しくも
聞こえてくるのだ

だからそれがルーン文字なのか
何でもないのかは
心の内側のせいだ

「木の中にしらべがある」と
懐疑家たちは私に教えてくれる
「いいえ、汝自身の中にあるのです！」

　イギリスのロマン派詩人たちと同様に、ディキンスンも様々な「鳥」をテーマにした詩を書き残している。ディキンスンにとっても、「鳥」は詩人に対して詩的インスピレーションを与える生き物だったのかもしれない。
　第1スタンザでは、「コウライウグイス」が登場している。「コウライウグイスの鳴き声を聞くことは／ありふれたことかもしれないし／またはただ神聖なことかもしれない」と書かれている。

第3スタンザでは、「耳の聞き方」によって「陰気にも、美しくも／聞こえてくるのだ」と書かれている。さらに第4スタンザでは、「だからそれがルーン文字[9]なのか／何でもないのかは／心の内側」次第だとペルソナは語っている。神秘的な意味を含むとされる「ルーン文字」を聞き分けられるか、そうでないかは人それぞれ心の感じ方で決まってしまうという。結局、最終スタンザでは、しらべは「木の中」にあるものではなく、「汝自身の中にある」と締めくくられている。
　この詩を読んで分かることは、「コウライウグイス」の鳴き声が、単なる鳥の囀りにしか聞こえないのか、あるいは心を震わせるのかどうかは、その人の感受性によるということである。最後のパラグラフでは特に、「汝自身の中」すなわち心の中でどのように共鳴するかによって、鳴き声の「しらべ」は様々な音になる。肉体的な「耳」だけで聞くのではなく、心の中の「耳」でどのように感じ取るかが重要になってくる。ディキンスンは鳥の囀りを、肉体的な「耳」をとおして、それから心の「耳」に響いたものを言葉に置き換えて、この詩を書いたのだろう。
　次の721番は、自然について説明する有名な詩である。

"Nature" is what We see—
The Hill—the Afternoon—
Squirrel—Eclipse—the Bumble bee—
Nay—Nature is Heaven—

"Nature" is what We hear—
The Bobolink—the Sea—
Thunder—the Cricket—
Nay—Nature is Harmony—

"Nature" is what We know—
But have no Art to say—

第 8 章　ディキンスンの詩における視覚と聴覚　　163

So impotent our Wisdom is
To Her Sincerity—　　　　　　（Fr 721B）

「自然」は私たちが見るもの
丘、午後、
リス、日食、マルハナバチ
いや、自然は天国

「自然」は私たちが聞くもの
コメクイドリ、海
雷、蟋蟀
いや、自然は調和

「自然」は私たちが知っているもの
しかし語る術を知らない
自然の率直さに
私たちの知恵はまったく無能なもの

　第 1 スタンザでは、「自然は私たちが見るもの」と自然について定義されている。その「見るもの」の例として、「丘」、「午後」、「リス」、「日食」、「マルハナバチ」を挙げている。これらのものを含む「自然」は、「天国」だとペルソナは語る。
　第 2 スタンザでは、「聞くもの」としての「自然」の例を挙げている。「コメクイドリ」、「海」、「雷」、「蟋蟀」が登場している。「コメクイドリ」や「蟋蟀」を持ち出しているのは、それらが発する鳴き声に耳を澄ますからだろう。「海」は波の音、「雷」は落雷する時の激しい音など、自然現象に伴う音も自然の一部ということを言い表している。だから最後にこういったものも「調和」（"Harmony"）の世界だと説明されている。
　最終スタンザでは、第 1 と第 2 スタンザと同様の構成となっている。こ

こでは『自然』は私たちが知っているもの」ではあるが、それについて「語る術を知らない」と否定的な発言に終始している。なぜなら「私たちの知恵」があまりにも「無能」なために、「自然」の美しくて壮大な風景、あるいはそれの猛威や厳しさに対しては、言葉で表現することは難しいという。ディキンスンは身近な「自然」の姿だけでなく、それの多面性をも知っていたのだろう。

　ファーラッツォは、この詩はエマーソンのエッセイ、『自然』（*Nature*）から影響を受けている、と意見を述べている。そうだとすれば、この詩はディキンスンが得意とする、凝縮された言葉使いで彼女流の「自然」観を表現したことになる。

　この本章の最後に引用する詩は、ディキンスンが晩年に書いたとされる詩である。

　　　To see her is a Picture—
　　　To hear her is a Tune—
　　　To know her, a disparagement of every other Boon—
　　　To know her not, Affliction—
　　　To own her for a Friend
　　　A warmth as near as if the Sun
　　　Were shining in your Hand—　　　　　（Fr 1597D）

　　　彼女を見ることは絵
　　　彼女を聞くことは旋律
　　　彼女を知ることは、他のすべての恩恵の非難
　　　彼女を知らないことは、苦悩
　　　彼女を友達に持つことは
　　　太陽があなたの手の中で輝いているかのような
　　　身近な温もり

　この詩は7行から成る短い詩だが、1行目から5行目まで、"To..."で

第 8 章　ディキンスンの詩における視覚と聴覚　　165

始まる詩行になっている。しかも、1行目から5行目までに、それぞれ"her"が含まれている。1行目では、「彼女を見ることは絵」であると書かれ、2行目では、「彼女を聞くことは旋律」と書かれている。それによって、この「彼女」は1枚の肖像画に描かれていそうな雰囲気を醸し出している。そして2行目では、「彼女」の話し声がまるで「旋律」のように芸術的で印象的なもののように書かれている。そして、詩の後半では、「彼女」を「友人」に持つことの素晴らしさが表現されている。つまり、「太陽があなたの手の中で輝いているかのような／身近な温もり」だという。言い換えれば、「彼女」のそばにいるだけで、心が温かくなるような、まるで陽だまりのような人柄が上手く表現されている。ディキンスンは外部の人たちとの交流はごく限定的なものであったが、文通などを交わした数少ない知己に対しては、大事に考えていたことがうかがえる。

　この章において、視覚と聴覚が1つの詩の中に融合されたかのように、言及されているいくつかの詩を考察した。ディキンスンだけでなく、詩人たちにとって、目から得られる情報は計り知れないものがある。しかしながら、ディキンスンにとって、耳から入る情報も詩作には貴重なものであった。特に、鳥の鳴き声や親しい人たちの声などは、ディキンスンの心に心地よく響いたことだろう。そしてそういった音を再現するかのように、詩の言葉に置き換えて創作したことが分かる。

IV

　これまでの考察から理解できたことは、ディキンスンの詩作においては「見る」だけでなく、「聞く」ことにも重点が置かれていることが分かった。確かにソローやホイットマンも「聞く」という聴覚を重視していた。ディキンスンの場合、目に疾患があったため、時には「見る」こともしくは何かを直視することを避けていたこともあった。そのコンプレックスが逆に、「聞く」ことに努めていたことにつながった。その結果、この章で考察したように、「耳」が異常に発達したような風貌のペルソナが登場した

り、不可解な結末で終わっていたりと、難解な詩が創作されることになった。また、348番のように、詩人になるよりも「耳を持つこと」の方が良い、とペルソナは断言していた。この詩の解釈の鍵となるのが、その次に考察した718番である。なぜなら、この中で「精神は意識のある耳」と定義されていたからである。それは肉体の耳を越えて、心の中の「耳」へと変容する。こうしてディキンスンの「耳」は、複数の側面を持つことになった。

第Ⅲセクションのペルソナが、「コウライウグイス」の囀りを聞く402番では、鳴き声が心の琴線に触れるものかどうかは、その人の心の内側次第だと述べられていた。だからこそ、「自然」は「見る」ものだけでなく、「聞く」ものでもなければならない、と721番の詩が提示していた。「自然」は「天国」であり、「調和」そのものでもあるが、「自然」の多彩な側面を人間の「知恵」で理解しようとするには「まったく無能」なことだと、この詩では冷静な視線で語られていた。極論を言えば、ディキンスンにとって「見る」ことは絵画を鑑賞するような視線を向けることであった。また一方で、「聞く」ことで音楽に耳を傾けるような心地よい感覚を詩で表現することもあった（Fr 1597）。それゆえディキンスンは、視覚と聴覚の特質を巧みに使い分けて融合させながら、自らの詩作の世界を拡大することができたのである。

[注]

1) Henry David Thoreau, *Walden and Civil Disobedience* (Harmondsworth: Penguin Books, 1983) 156-173.
2) Walt Whitman, *Leaves of Grass* (New York: W.W. Norton, 1973) 138-139.
   ホイットマンは、次のようなくだりで "I hear America Singing" というタイトルの詩を書き始めている。
   "I hear America singing, the varied carols I hear, ..." (12)
3) Charles Roberts Anderson, *Emily Dickinson's Poetry: The Stairway of Surprise*

(Westport: Greenwood P, 1960) 232.
4) Bettina L. Knapp, *Emily Dickinson* (New York: The Continuum Publishing Company, 1991) 88.
5) Richard B. Sewall, *The Life of Emily Dickinson* (Cambridge, Massachusetts: Harvard UP, 1974) 606, n9.
6) Judy Jo Small, *Positive as Sound: Emily Dickinson's Rhyme* (Athens: U of Georgia P, 1990) 57.
7) Helen Vendler, *Dickinson: Selected Poems and Commentaries* (Cambridge, Massachusetts: The Belknap P of Harvard UP, 2010) 149.
8) James R. Guthrie, *Emily Dickinson's Vision: Illness and Identity in Her Poetry* (Gainesville: UP of Florida, 1998) 59.
9) 「数種の古代のアルファベットの総称……呪術や儀式に使われ、神秘的な力を持つとされていた」『ランダムハウス英和大辞典』第2版（小学館、2002）2370.
10) Paul J. Ferlazzo, *Emily Dickinson* (Boston: Twayne Publishers, 1976) 97.

第9章

ディキンスンの詩における記憶と忘却

　ディキンスンの生前に、彼女の詩を最も評価していたのが、友人であり、小説家で詩人のヘレン・ハント・ジャクソン（1830-85）だった。ヘレンはディキンスンに宛てた書簡の中で、次のような賛辞を送っていた。

> I have a little manuscript volume with a few of your verses in it—and I read them very often—You are a great poet—and it is a wrong to the day you live in, that you will not sing aloud.[1]

> 私はあなたの数編の詩が入った小さな原稿の小冊子を持っています—私はそれらをよく読んでいます—あなたは偉大な詩人です—そしてあなたが大きな声で歌おうとなさらないのは、あなたの生きている時代に対して悪いことです。

　ディキンスンの生前中に彼女のことを「あなたは偉大な詩人です」と断言したのは、ヘレンだけである。しかもディキンスンに対するヘレンのこの評価は、後にアメリカ文学史の中で不動の地位を築くことになる、詩人エミリィ・ディキンスンの将来を予言していたかのようである。また、ヘレンが、「あなたが大きな声で歌おうとなさらないのは、あなたが生きている時代に対して悪い」からだと考えていたように、ディキンスン自身は、自分の名前を冠して詩集を出版することは断念したという経緯があった。しかしながらディキンスンは、詩人として生きる強固な信念を持って

いた。彼女の膨大な数の詩の中には、自分の詩が時代を超えて生き続けることを願って書いたと思われる詩が少なからずある。

　ディキンスンが敬愛していたウィリアム・シェイクスピア（1564-1616）が、次のようなソネットを書いている。後のディキンスンの思想を彷彿とさせるような、シェイクスピアの詩への強い思いが伝わってくる。

　　My life has in this line some interest,
　　Which for memorial still with thee shall stay.
　　[...]
　　　　The worth of that, is that which it contains,
　　　　And that is this, and this with thee remains.
　　　　　　　　　　　　　　(*Sonnets* No. 74 ll. 3-4, 13-14)[2]

　　私の生命はこの詩の中で主張し、
　　思い出としてずっとあなたと共に留まる
　　[……]
　　　　その（肉体）価値は、それを含む精神であり、
　　　　精神とはこの詩であり、これはあなたと共に留まる

　詩人の命が詩と合体して、常に生き続けるという強い生命力がこのソネットを通して感じられる。ディキンスンもまた、このソネットのように、詩の持つ生命力を信じていたのではないだろうか。同時に、詩人としてあるべき理想像も熟考していたに違いない。そこで、本章では、ディキンスンが構築した詩人と詩の関係について、「記憶」と「忘却」という言葉を軸にしながら考察を進めていくことにする。

I

　ディキンスンは若い頃から詩を書き続け、亡くなるまでにおよそ1800

編近い詩を書き残した。彼女の円熟期から晩年に書かれた詩のスタイルの特徴は、まるで贅肉をそぎ落としたかのように圧縮されて、厳選された言葉とハイフンで構成されているという点である。さらに俳句のような、凛とした静謐なたたずまいをも感じさせる。一方、30歳前後までに書かれた詩は、横溢する若さや闊達なイメージを喚起させる。しかしその才気がみなぎる詩には、若さと生命力とは対照的なネガティヴな言葉、具体例を挙げると、「忘却」、「絶望」、「暗闇」などが多用されている。これらの言葉は、読者に切迫感と絶望感を感じさせる。人間の心の複雑さや繊細さを暗示しようとしたディキンスンは、このようなネガティヴな言葉も選択することにより、心の高揚感から挫折などの心の振幅を素直に表現することができたと考えられる。

そこで最初に、ディキンスンが若い頃に書いたとされる64番の詩の考察から始める。

Heart! We will forget him!
You and I—tonight!
You may forget the warmth he gave—
I will forget the light!

When you have done, pray tell me
That I may straight begin!
Haste! Lest while you're lagging
I remember him!　　　　（Fr 64）

心よ！　彼のことは忘れましょう！
あなたも私も、今晩！
あなたは彼が与えてくれた温かさを忘れるかもしれない
私は光を忘れるでしょう！

あなたが忘れたら、どうか私に教えてください
私がすぐに始められるように！
急いで！　あなたがぐずぐずしている間に
私はあの人を思い出してしまう！

　詩の語り手を務めるペルソナの「私」が、「心」に対して急き立てるような調子で語り始める。1行目の「彼」についてはここでは明らかにされていないが、ペルソナは「心」に向かって「彼」のことは忘れるように説得している。「心」が"You"という代名詞に置き換えられることで、「心」がまるで擬人化されたかのように描かれている。さらに、「あなたは彼が与えてくれた温かさを忘れるかもしれない」と書かれているのは、「彼」から感じた「温かさ」が、「心」に強力に刷り込まれていたことの証左となっている。
　第2スタンザでは、ペルソナの切迫感がさらに強度を増している。ペルソナは「心」が速やかに「忘れる」ことによって、ペルソナ自身も「彼」のことを忘れたいと願っている。そうでもなければ、「あの人を思い出してしまう」のである。そのため、ペルソナは、「急いで！」（"Haste!"）と「心」に訴えているのである。
　「彼」をめぐっては、実在していたディキンスンの大事な知人だと考える批評家たちがいる[3]。しかし実名を使わずに代名詞に置き換えると、誰だか特定できないため、謎めいた雰囲気がこの詩に漂っている。そしてペルソナは、人の心が意に反して忘れようとすればするほど、ますます頭から離れていかないことも察知していたのだろう。この詩の「彼」が特定の誰かだと仮定すれば、なお一層忘れようとしても忘れられない「心」の動揺が、エクスクラメーションマーク（"！"）の多用によって象徴されている。また「心」に呼びかける詩としては、次の214番が挙げられる。

Poor little Heart!
Did they forget thee?

第 9 章　ディキンスンの詩における記憶と忘却 ｜ 173

Then dinna care! Then dinna care!

Proud little Heart!
Did they forsake thee?
Be debonnaire! Be debonnaire!

Frail little Heart!
I would not break thee—
Could'st credit *me*? Could'st credit me?　　（Fr 214 stanzas1-3）

哀れな小さな心よ！
彼らはあなたのことを忘れたのか？
それなら気にしないで！　気にしないで！

誇り高き小さな心よ！
彼らはあなたを見放したのか？
喜びなさい！　喜びなさい！

か弱き小さな心よ！
私はあなたを気落ちさせることはしないだろう
私を信じることができないのですか？　信じることができないのですか？

　この詩にも 64 番の詩同様に、エクスクラメーションマークが多く使われている。それにより、ペルソナの逸る気持ちが伝わってくるかのようである。そして、「小さな心」を人間のように見立てて呼びかけていることが分かる。ところが冒頭には「哀れな」("Poor") という形容詞が使われている。次の行の「彼ら」が、一体誰のことなのかは即断できない。この「彼ら」が「哀れな小さな心」のことを失念したため、ペルソナは同情の気持ちを込めて、「気にしないで」("dinna［=do not］care!") と呼びかけ

ている。

　第2スタンザでは、前のスタンザの"Poor"と呼応するかのように、"Proud"という同じアルファベットのPで始まる形容詞が文頭で使われている。ここでは「小さい」ながらも「誇り高き」心と呼び変えられている。そして第1スタンザ同様、ペルソナは「心」に対して問いかける。その結果、「心」からの返答はないものの、それでもペルソナは「心」を慰めようと努力している。

　続いて第3スタンザにおいてもペルソナは「心」に呼びかける。「か弱き」という形容詞は、「心」の繊細さを表現する。そのためペルソナは「か弱き小さな心」を取り乱すようなことはしないと明言する。第1スタンザから第3スタンザの最後の行では、口語的に使われる機会が少ない単語（"dinna," "debonnaire," "Could'st"）が目立つ。しかしながら最終スタンザでは、これまでよりも、より明確な表現が使われている。

　　Gay little Heart—
　　Like Morning Glory!
　　Wind and Sun—wilt thee array!　　　（Fr 214 stanza 4）

　　陽気で小さな心よ
　　まるで朝顔のよう
　　風と太陽があなたを飾り立てるだろう！

　「心」が陽気な時は、「朝顔」のように華やかで晴れ晴れとした状態になるとペルソナは語る。そして「風」と「太陽」という自然界に属するものが、「心」を植物のように成長させるだろうという語りで、この詩は締めくくられる。この214番は短い詩ではあるが、弱い面と強い面の両方を併せ持つ「心」の揺れがよく表れている。

　次の391番では、終始混乱と疑問を繰り返すペルソナの様子が伝わってくる。

Knows how to forget!
But could It teach it?
Easiest of Arts, they say
When one learn how

Dull Hearts have died
In the Acquisition
Sacrifice for Science
Is common, though, now—

I—went to School
But was not wiser
Globe did not teach it
Nor Logarithm Show

"How to forget"!
Say some Philosopher!
Ah, to be erudite
Enough to know!

Is it in a Book?
So, I could buy it—
Is it like a Planet?
Telescopes would know—

If it be invention
It must have a Patent—
Rabbi of the Wise Book
Dont you know?　　　（Fr 391B）

忘れる方法を知っています！
だけどそれは教えてくれるのだろうか？
芸術の中ではいちばん簡単だと彼らは言う
ある人は鈍感な心が

獲得する中で
途絶えてしまうのかを知る
だが、今では
科学のための犠牲はよくあること

私は学校へ行った
しかし賢くはならなかった
地球はそのことも
対数も教えてくれなかった

「忘れる方法！」
何人かの哲学者の人、言ってください！
ああ、知っているぐらいに
十分なほど博学だったら！

それは本の中にあるのか？
だったら私は買うことができただろう
それは惑星のようなものか？
望遠鏡なら知っているだろう

それが発明とならば
特許を持たねばならない
博学な先生であるラビよ
あなたは知らないのか？

普段は気にかけることのない忘却について、ペルソナは自問自答している。1 行目は主語が省略されているが、「忘れる方法」がテーマとなって、語りが展開される。ペルソナは「忘れる方法」を誰にも教わることなく会得したらしい。しかしそれは「いちばん簡単」そうで、実はそうでもないことが分かる。次のスタンザにわたって述べられているように、感受性が鈍くなれば、失念するのが早いというものでもない。

第 3 スタンザでは、その他の人間である「彼ら」と区別するかのように、"I" と "went" の間にハイフンが置かれているため、「私」の存在がより明確に強調されている。そして、「私は学校へ行った」ものの、「賢く」なることもなかった、と「学校」への不信感を滲ませている。ましてや「地球」も「対数」も「教えてくれなかった」のである。

第 4 スタンザから、ペルソナの強い不信感がさらに浮き彫りになっていく。「博学」なはずの「哲学者」でさえも、期待できるような答えは提示してくれない。「本」の中に書かれているなら、すでにペルソナはそれを購入していただろう。「望遠鏡」は、はるか彼方の「惑星」を捉えるぐらいにすぐれた道具だが、それを覗いたとしても、真相は見えてこない。もし「忘れる方法」が発見されたら、「特許」が与えられるぐらいに価値のあるものになるだろう。最後にユダヤ人の説教者である「ラビ」("Rabbi") にも「知らないのか？」と、問うことによってこの詩の語りは終結する。

このように「忘れる方法」は、「博学」な人でも答えることができないほどの難問であることが理解できる。しかしペルソナ自身はその正確な答えをめぐる言及を避けているものの、自然にその方法を習得したと、読者には読み取れる。また当時の学問に対する疑問や不信を暗示する一方で、その答えを発見した「私」への自信を顕示している。仮にこのペルソナが詩人であると考えれば、物事を注意深く観察し、洞察力を働かせて、真実を追究しようとした過程の中で、その答えを見出したと考えることは可能だろう。

さらに、ディキンスンがまだ 20 代のころに書かれたとされる詩の中にも、「忘却」と「記憶」の表裏一体の関係が述べられている。

If recollecting were forgetting—
Then I remember not,
And if forgetting, recollecting,
How near I had forgot,
And if to miss, were merry,
And to mourn, were gay,
How very blithe the fingers
That gathered this, Today!　　　　（Fr 9B）

　もし思い出そうとすることが忘れることなら
　私は覚えていない
　そしてもし忘れることが思い出すことなら
　私はほとんど忘れていたことだろう
　そして寂しいことが楽しいことであれば
　そして悲しむことが陽気なことであれば
　今日、これを集めた指は
　なんと楽しげなことだろう！

「もし思い出そうとすることが忘れることなら／私は覚えてはいない」という逆説的な表現で、この詩は始まる。そして間髪を入れずに、「もし忘れる事が思い出すことなら／私はほとんど忘れていたことだろう」と述べられている。そして5行目以降も対照的なものを比較しながら、ペルソナの考察が進められる。この詩に書かれている仮定の文には、正反対の意味を持つ単語が用いられている。具体的に言えば、人は何かを「思い出そうと」しても、その時点で思い出せないことがある。そして「もし忘れることが思い出すことなら」、ペルソナは「忘れていたことだろう」と推測している。それから「寂しいことが楽しいことであれば」や、「悲しむことが陽気なことであれば」のように、対照的な感情を並置させている。この考え方について、具体例を挙げて述べられているのが、731番の詩である。

A Thought went up my mind today—
That I have had before—
But did not finish—some way back—
I could not fix the Year—

Nor Where it went—nor why it came
The second time to me—
Nor definitely, what it was—
Have I the Art to say—

But somewhere—in my soul—I know—
I've met the Thing before—
It just reminded me— 'twas all—
And came my way no more— 　　　　（Fr 731）

ある考えが今日私の心に浮かんだ
それは以前に浮かんだことがあった
しかしいくらかは途中まで戻ってきたが、浮かんではこなかった
私はその年を覚えることができなかった

それがどこへ行ったのか、またなぜやって来たのか
私の所に二度やって来たが
それが何だったのか、はっきりと
言う術が私にはなかった

しかし私の魂のどこかで
以前にそのものに出会ったことがあるのを知っている
私が思い出したのはまさにそれだけで
もうこれ以上私の心に浮かんでこなかった

「ある考え」が「今日私の心に浮かんだ」のだが、「途中まで戻ってきた」ものがあったため、とうとう「浮かんではこなかった」とやるせない気持ちで告白している。それが「二度」やって来たものの、「それが何だったのか」を特定して言葉に表すことが不可能であった、とペルソナは述懐する。何度か浮かんできたという事実を認識しているものの、それ以上のことは、「私の心に浮かんでこなかった」という。心に閃いたものが浮かんできても、言葉で捉えきれないもどかしさが伝わってくる。詩人にとって、言葉は命である。詩人には厳選した言葉で物事を明瞭に表現する使命感があるからこそ、他人には理解できない詩作の苦労が伴うのだ。

このようにこれまで考察した詩は、人の心がいかに複雑で、思い通りにいかないものかを詳らかにしていた。64番の詩に表されているように、何かを払拭したいと思っている時に限って、思い出したくないことが頭に浮かぶ。また、思い出そうと集中している時に忘れたかったことが頭をもたげてくる。本当に言葉で表したいことが浮かんできても、その刹那に浮かんでこなくなり、結局詩作が進まなくなることもある。つまり、擬人化された「心」は、物事や出来事に対して執着できない人のように描かれ、隠しておきたいことや辛酸を舐めた苦い経験を忘れたいと思っても、皮肉にもそれらは頭から離れない。このような苦悶する「心」には、人間の内面性が投影されているとも言える。詩の技巧の面から考えれば、ディキンスンにとって「心」は擬人化されているだけでなく、人間の一部分を表す提喩でもあると見なすことができる。

この章では、ディキンスン自身の若さと苦い経験が垣間見られる詩を中心に論述したが、ディキンスンが擬人化のような詩の技巧をも意識していたことが分かった。「記憶」と「忘却」というテーマに関しては、それらが単に対照的な意味関係をもつだけでなく、互いに複雑な要素が錯綜していることが分かった。人間にとって、忘れたいと願っている出来事や物事ほど、脳裡から離れないのである。一方、記憶の糸を頼りに思い出そうと努力しても、その意味に合致する言葉が即座に心に浮かんでくるわけではない。そのような心の複雑な有り様にも、若い頃のディキンスンは、既に

体験していたに違いない。

II

　ディキンスンの「記憶」と「忘却」をめぐるテーマは、彼女の晩年に書かれた詩の中にも多く見かけられる。詩人として成熟してきた頃に書かれた詩には、どのような思索が渦巻いているのだろうか。本格的な考察に入る前に、まだディキンスンが30代に書いたとされる詩の精読から始めたい。

　　When I hoped, I recollect
　　Just the place I stood—
　　At a Window facing West—
　　Roughest Air— was good—

　　Not a Sleet could bite me—
　　Not a frost could cool—
　　Hope it was that kept me warm—
　　Not Merino Shawl—　　　　　（Fr 493 stanzas 1-2)

　　私に希望があった時、私は思い出す
　　西向きの窓がある
　　場所に立って
　　荒々しい風が気持ち良かったことを

　　霙も私を噛むことはなかった
　　霜も冷たくすることはなかった
　　私を温めてくれたのは希望だった
　　メリノショールではなくて

初めの2つのスタンザからは、ポジティヴなペルソナの姿が印象的に描かれている。ペルソナが「西向きの窓」のところに立てば、「荒々しい風」でさえも「気持ち良かった」のである。「霙」("a Sleet")でさえもペルソナを凍えさせることもなかったし、「霜」もペルソナを「冷たくすることはなかった」のである。なぜならペルソナは温かい「メリノショール」で防寒しているからではなくて、「希望」("Hope")がペルソナを包み込んでくれたからである。つまり、ここまでで言えることは、外の厳しい気候は、必ずしもペルソナの心を凍らせることはないということだ。前半と後半の各スタンザに、"hoped"や"Hope"という単語が見られように、心に「希望」を持つか持たないかによって、印象が180度変わってくるのである。

> When I feared— I recollect
> Just the Day it was—
> Worlds were lying out to Sun—
> Yet how Nature froze—
>
> Icicles opon [upon] my soul
> Pickled Blue and cool—
> Bird went praising everywhere—
> Only Me— was still—
>
> And the Day that I despaired—
> This— if I forget
> Nature will— that it be Night
> After Sun has set—
> Darkness intersect her face—
> And put out her eye—
> Nature hesitate— before
> Memory and I—　　　　(Fr 493 stanzas 3-5)

私が恐れていた時、私は思い出す
　それはまさにこのような日だった
　世界は太陽の方に横たわっていた
　しかし自然は何と凍えていたことか

　私の魂の上にはつららが
　刺すような青さと冷たさ
　鳥は至る所で賞賛しながら飛び
　私だけが静かだった

　そして私が絶望した日
　これをもし私が忘れるなら
　自然は忘れてしまうだろう
　太陽が沈んで夜になった時
　暗闇が自然の顔を交差し
　そして彼女の目を暗くするだろう
　自然はためらってしまう
　記憶と私の前に

　前の2つのスタンザから、状況が一転している。ペルソナの「私」は、「恐れていた時」のことを述懐している。「世界は太陽の方に横たわっていた」にもかかわらず、「自然」は逆に凍りついた状況になる。そして「私の魂」の上に「つらら」と「刺すような青さと冷たさ」が寄りかかっていたのだが、ペルソナだけは「静かにしていた」のである。
　さらに最終スタンザでは、「私が絶望した日」は、「太陽が沈んで夜になった時」なのだろうと説明されている。その「夜」が「暗闇」("Darkness")という言葉に置き換えられ、そして「彼女の眼を暗くする」という表現は、何も見えない状態に陥ることを暗示する。詩の最後では、「自然はためらってしまう／記憶と私の前に」と言い放った後、ペルソナは語りを終

える。

　詩全体をもう一度俯瞰的に見れば、自然という外的世界と、「記憶」という内的世界との対立構造が見られる。屋外で「太陽」が出ていても、それは凍結した自然界となる。しかしながらペルソナを「温めてくれたのは希望だった」のである。「希望」は内的な世界の中で生まれるものである。すなわち、「想像上の内面的な希望の夏は、冬でも温めることができる[4]」がその一方で、「内面的な死の冬は、夏に凍えさせることができる[5]」のである。外的な自然の状態が、ペルソナに影響を与えることがあっても、「希望」を持つことによって、冷えきった心に温もりを与えることができる。また、批評家、ジュディ・スモールは、最終スタンザの中で、"eye"と"I"が韻を踏んでいることに着目して、これらがそれぞれ「自然」と「私」の関係が同列であることを指摘している[6]。「自然はためらってしまう」のは、「肉体的な目が"I"すなわち自己を構成する視覚的な記憶の目をそこなうことはできない[7]」からである。

　ペルソナは"I recollect"を第1、第3スタンザの中で2回述べている。心の中の「記憶」を頼りに、思い出しては語り出す、の繰り返しである。つまりペルソナにとって、「希望」は「記憶」の中に宿り、それが心の慰めにつながるような温もりをもたらしてくれるのである。そのような貴重なものは、忘れられることなく「記憶」として脳の中に貯蔵され、「絶望」した時には、「記憶」を拠り所に「希望」につながることを思い出し、心を奮い立たせるのである。

　次の詩では、ペルソナの「私」が名も無き「汝」に呼び掛けている。

　　One thing of thee I covet—
　　The power to forget—
　　The pathos of the Avarice
　　Defrays the Dross of it—

　　One thing of thee I borrow

第 9 章　ディキンスンの詩における記憶と忘却　　185

And promise to return—
The Booty and Sorrow
Thy sweetness to have known—　　　　　（Fr 1516 A）

汝について私が切望する 1 つのこと
忘却する力
強欲の悲哀は
その無用さを支払う

汝から私が借りたい 1 つのこと
そして返すと約束する 1 つのこと
素晴らしいものと悲しいもの
知ってしまった甘美さ

　ペルソナは「忘却する力」を持ちたいと願っている。「強欲」はただ、「無用」のものに過ぎない。ペルソナが望むのは、欲を持たないことに尽きる。ただ、戻ってきてほしいのは、「素晴らしいもの」、「悲しいもの」それから「甘美さ」の 3 つである。「汝」から借りたいことは、物質的なものではなく、「素晴らしいもの」と「悲しいもの」を経験した「汝」自身であって、そのイメージはペルソナの「記憶」に留まるだろう。
　ただ、「忘却」の難しさを認識しなくてはならないことも事実である。

To be forgot by thee
Surpasses Memory
Of other minds
The Heart cannot forget
Unless it contemplate
What it declines
I was regarded then

第3部　空白の記憶

　　　Raised from oblivion
　　　A single time
　　　To be remembered what—
　　　Worthy to be forgot
　　　My low renown　　　　　　（Fr 1601A）

　　　あなたに忘れられることは
　　　他の人の心に記憶されるよりずっと良い
　　　心は何を拒否するのかを
　　　深く考えない限り
　　　忘れることはできない
　　　その時私はじっと見つめられ
　　　ただ一度
　　　忘却の淵から呼び出されて
　　　何だったのか思い出そうとした
　　　忘れられるに値する何かを
　　　記憶されていることが
　　　私のささやかな名声

　冒頭から難解な思惟の有り様が展開されている。つまり、「忘れられること」は「記憶」を超越するという。なぜなら「心」というのは、「何を拒否するのかを／深く考えない限り／忘れることはできない」からである。人間の「心」というのは、忘れようとしてもそう簡単に忘れることはできない。一般的には時間が経過するにつれて、人間は徐々に昔の出来事を忘れてしまう。しかし、忘れようとあがいても、忘れられないこともある。「心」はそれほど複雑なメカニズムを有しているのである。
　詩の8行目に「忘却」（"oblivion"）という単語が使われている。それは人が「（世に）忘れられている状態」[8]という意味を持つ。ペルソナは「忘却の淵から呼び出されて」と述べている。ペルソナの「私」は既に過去の

人になって、世間から忘れられていたという想定で書かれているのだろう。しかし「ただ一度」でも「忘れられるに値する何かを／記憶されていることが／私のささやかな名声」だとペルソナは断言する。たとえばディキンスンという詩人がこの世を去るということになれば、生前に本格的な詩集を出版しなかったので、世間から忘れられる確率は高いと言える。しかし、ディキンスンは自分の死後に、自分が書き残した詩が後世の読者たちの目に留まり、その名前が知れ渡って、別の読者たちへと伝承されていくことを予期したのかもしれない。たいていの人たちは、昔の古い作家や詩人のことを忘れてしまうが、詩という作品は、詩人から離れて独立していく。この詩人と詩の関係を、簡潔に表した詩を引用する。

The Lamp burns sure— within—
Tho' Serfs— supply the oil—
It matters not the busy Wick—
At her phosphoric toil!

The Slave— forgets— to fill—
The Lamp— burns golden— on—
Unconscious that the oil is out—
As that the Slave— is gone.　　　（Fr 247）

ランプは内側で絶えず燃える
奴隷が油を供給しても
燐の光を出す苦労に
忙しい芯には問題ではない

奴隷は油を満たすのを忘れる
ランプは黄金色に燃え続ける
油が切れたのも意識せず

奴隷がいなくなったのを意識しないかのように

　「ランプ」とそれに「油」を加える「奴隷」の姿が描かれている。しかし、「忙しい芯」は「燐の光を出す苦労」を伴う仕事に勤しんでいるため、「奴隷」に気を留める様子もない。
　第2スタンザになると、「奴隷」は「油を満たすのを忘れる」と書かれている。一方、「ランプ」はさらに「黄金色に燃え続ける」のである。「ランプ」は「油が切れた」ことにも「意識せず」("Unconscious")に燃え続け、また「奴隷がいなくなった」という非常事態を気にする様子もない。この最後の行の"gone"には、「死んだ」という意味も内在するため、「奴隷」はいつの間にか亡くなった、とも考えられる。「油」を補充してくれる人がいなくなったにもかかわらず、「ランプ」は眩いばかりに「燃え続ける」のである。「ランプ」の光が絶えることなく燦然と輝きを放つ一方で、「奴隷」の命は有限である。しかしながら「奴隷」の死は、"gone"という一語でしか暗示されず、儚い一生をも感じさせる。
　ここでもう1つ、「ランプ」をテーマにした詩を引用する。

　　The Poets light but Lamps—
　　Themselves— go out—
　　The Wicks they stimulate
　　If vital Light

　　Inhere as do the Suns—
　　Each Age a Lens
　　Disseminating their
　　Circumference—　　　　　（Fr 930）

　　詩人はただランプをともすと
　　自分自身は消えてしまう

彼らは芯を刺激する
　　もし生命の光が

　　太陽のように内在するならば
　　それぞれの時代はレンズとなって
　　その円周を
　　広げていく

　この930番は、幾つものアンソロジーに選ばれるほど人口に膾炙した詩である。ここでは「奴隷」ではなく、「詩人」が「ランプ」を点灯する人になっている。しかしこの「詩人」もいなくなると、「ランプ」の火は「生命の光」へと変容して、その光の輪を広げていく。さらに時代を超越して、絶えることなく燃え続けていく。逆に「詩人」の存在感はほとんど感じられず、死後には世間から忘れられていくことになる。

　930番の詩の「ランプ」は、ストナムが指摘しているように、「詩」を表す隠喩と見なすことができる[9]。つまり、「ランプ」である詩またはその言葉は、「詩人」がこの世からいなくなっても生き続け、それぞれの時代の読者たちに影響を与え続ける。詩が「真の芸術の永続性」[10]を証明することを、この詩は訴えている。

　この考察を247番の詩に当てはめれば、この詩の「ランプ」を詩に、「奴隷」を詩人に置き換えることは可能だろう。詩人である「奴隷」は、さらに広がっていく「ランプ」の炎に比べて、地味で目立たない労働者の1人である。他方、詩の隠喩である「ランプ」は時代が続く限り、不滅の生命力を保持している。このように247番と930番は、詩人の立場やあり方を暗示している詩である。詩人は生涯を終えると、時間とともに忘れられていく存在なのである。これらの詩では、詩人よりも詩に重点が置かれているが、そのような詩人の立場が否定的に表現されているというよりは、むしろ詩人のあるべき姿を冷静な視点で直截的に描かれていると言える。

　「忘却」について、次の4行詩を読む。

Above Oblivion's Tide there is a Pier
And an effaceless "Few" are lifted there—
Nay— lift themselves— Fame has no Arms—
And but one Smile— that meagres Balms—　　　（Fr 1552）

忘却の潮の上に桟橋がある
そして消し去ることができない何人かがそこに引き揚げられる
いや、自分自身で上がってくる—名声に腕はない
そして香油を乏しくするたった1つの笑顔がある

　人々の「記憶」から忘れられていった人や物が流されていく「忘却の潮」の上に、「桟橋」が架かっている。そして「消し去ることができない何人かがそこに引き揚げられる」とある。つまり「名声」を手に入れた人は、「自分自身で上がってくる」のである。「忘却」の中からごく少数の何人かだけが、「名声」を持つに値すると認められる。そのような人は、特別な存在なのである。次の詩がそのことを証明している。

　　Fame's Boys and Girls, who never die
　　And are too seldom born—　　　（Fr 892）

　　名声の少年少女たちは亡くなることはない
　　そしてめったに生まれることもない

　「名声の少年少女たちは亡くなることはない」としながらも、「めったに生まれることもない」のである。しかし、特殊な才能を持った詩人でも、247番や930番の詩で考察したように、不滅の生命力をそなえているとは限らない。892番では「名声」を持った「少年少女たち」はまだ若いため、いずれ彼らの才能を開花させて、名を成すことになるのだろう。そして彼らの死後も、遺した作品が生き続ける。ただし、真の「名声」に値する人

間は、滅多に現れるものではないことを、この短い詩は強調している。

　この章で考察したように、「記憶」と「忘却」には単に対照的な意味を持つものだけでなく、難渋で複雑な面があることも分かった。1601番のペルソナが語っているように、「忘れられるに値する何かを／記憶されていること」が、ディキンスンの「名声」の定義である。「忘却の潮」から「桟橋」に引き揚げられた人々のように、空白の記憶の中にディキンスンの名を思い出してくれる読者が1人でもいれば、それが彼女の夢であり、また「希望」となる。

III

　これまでの考察の中で、「記憶」と「忘却」という2つの言葉をキーワードにしながら、ディキンスンが詩人と詩の関係、および詩の生命力をめぐって、強い意志を持って詩を書き続けたことが分かってきた。「忘却」という言葉の解釈は、非常に難渋であることも分かった。なぜなら「忘れる方法」は、誰かに教わるものではなく、自分自身の経験を元に、心を整理しておかなければならない。逆説的に言えば、忘れられないものほど、その時の印象や記憶が鮮烈だったことになる。また、新たに「名声」という言葉とも関連性があることが掌握できた。「名声」と「記憶」については、シェイクスピアのソネット55番の中で、以下のように書かれている。

　　Not marble, nor the gilded monuments
　　Of princes, shall outlive this powerful rhyme;
　　[…]
　　　　You live in this, and dwell in lovers' eyes.
　　　　　　　　　　　　（*Sonnets* No. 55 ll.1-2, 14）[11]

　　大理石も金メッキを施された王子らの記念碑も
　　この力強い詩文より生き延びることはない

［……］
　あなたはこの中（詩文）に生き続け、君は愛する人々の目の中に生き続ける

「大理石も金メッキを施された王子らの記念碑も／この力強い詩文より生き延びることはない」とあって、さらに「あなたはこの中（詩文）に生き続け、君は愛する人々の目の中に生き続ける」という。このソネットの引用部分は、まるでディキンスンの詩人論を代弁しているかのようである。つまり、どんなに飾り立てられた「記念碑」も「力強い詩文」にはかなわない。詩こそが永遠に生き続け、その中に書かれた人物も同様にこの詩の中で生き続けるのである。言い換えれば、それは詩人の死後も、読者がいる限りは永遠の命脈を保つことになる。ディキンスンもまた、自分の書き残した詩が、読者の空白の「記憶」に留まってくれることを願っていた。実際、「名声」を得る詩人は、あたかも「奴隷」のような忍耐力が必須である。そして粒粒辛苦の末に完成した珠玉の詩は、芸術として時代を超えて読み継がれ、その詩を読む「誰かを励ます」(Fr 665) ことになる。結局この考えは、ディキンスンが目指した理想の詩人と詩の有り方だと言える。

［注］

1) Thomas H. Johnson and Theodora Ward, eds., *The Letters of Emily Dickinson*, by Emily Dickinson (Cambridge Massachusetts: The Belknap P of Harvard UP, 1958) 545, No. 444a.

2) Katherine Duncan-Jones, ed., *Shakespeare's Sonnets* (London: The Arden Shakespeare, 2010) 259, No. 74.
　ディキンスンは次の 776 番の詩の中にあるように、シェイクスピアの劇をモチーフにした詩を書いていた。

"Hamlet" to Himself were Hamlet—
Had not Shakespeare wrote—
Though the "Romeo" left no Record
Of his Juliet,　　　(Fr 776, stanza 3)

「ハムレット」は彼自身に対してハムレットだった
もしシェイクスピアが書かなかったとしても
「ロミオ」はジュリエットの記録を
残さなかったけれど

3) ロバート・L・レア著、藤谷聖和・岡本雄二・藤本雅樹編訳『エミリ・ディキンスン詩入門』（国文社、1993 年）48-50。
4) Edwin H. Cady and Louis J. Budd, eds., *On Dickinson: The Best from American Literature*（Durham: Duke UP, 1990）87.
5) Cady and Budd, eds., 87.
6) Judy Jo Small, *Positive as Sound: Emily Dickinson's Rhyme*（Athens: U of Georgia P, 1990）151.
7) Small 151.
8) 『リーダーズ英和辞典』第 3 版（研究社、2012 年）1650。
9) Gary Lee Stonum, *The Dickinson Sublime*（Madison: U of Wisconsin P, 1990）47.
10) Judith Farr, *The Passion of Emily Dickinson*（Cambridge, Massachusetts: Harvard UP, 1992）324.
11) *Shakespeare's Sonnets*, 221, No. 55.

結　論

　これまでの考察を９章に分けて詳述したが、ディキンスンの詩学について様々なことが明らかになってきた。まず、ディキンスンは「詩の代表者」を通じて、想像力で構築した世界を縦横無尽に語っていたということである。つまり、ありふれた日常の情景から、虚構の世界に至るまで、詩人として言葉の生命力を信じて、自分の詩を完成させたのである。自分が詩人として詩を創作する姿を、時には女性らしいイメージで、時には「蜘蛛」に姿を変えてユーモラスに描くこともあった。そして、夏と冬のイメージを使い分けて、詩作に反映させることもあった。
　美しいものを見ながら死にたいと望んでいたディキンスンにとって、「美」は想像力をかき立てる絶好のテーマであった。永遠に留まるようで、僅かずつ変化を遂げていくものに目をひきつけ、透逸な観察力を駆使して言葉で捉えようとした。「美」や「夏」と言ったものを表現する際には、多彩な修辞を駆使しながらもできる限り圧縮したスタイルで完成させることを信条としていた。第３部で論述した「喪失感」については、目の前でものが消失するというネガティヴな感情を引き起こす。しかし、ディキンスンは「喪失」して目に焼き付いたもの、心の中に残った記憶を頼りに、再び失ったものを詩の中で再現することができた。
　第９章で論じた「記憶」と「忘却」は詩人自身のこと、もしくは、世間一般の人々の心の様子を表現したとも考えられる。しかし、感受性の強い詩人こそが、心の奥に仕舞いこんだものを「記憶」を頼りとして再構築し、詩の中で永遠のものとして人々の心の中に「記憶」として生き続ける。それこそが、ディキンスンが目指した理想の詩人と詩のあり方だと言える。
　ディキンスンの「白」の隠喩には、多種多様なイメージが混在している。彼女が屋敷に引きこもってからは、白いドレスを着用していたという

事実が、この色をさらに神秘的なものにしている。そして、ニューイングランドの冬の気候や風土も詩作に影響を及ぼしていると言っても過言ではない。また、比喩的に喩えて言うなら、人生のピークが「夏」であり、死の前の晩年の頃を「冬」だとするサイクルが成り立つかもしれない。しかし、「冬」は、「春」や「夏」を予感させる季節でもある。

　さらにディキンスンは、目立たない生き物である「蜘蛛」が白い糸を吐き出して、幾何学的な白い巣を作り上げる様子に、自分の姿を重ね合わせている。ところが、「蜘蛛」がディキンスンに賞賛されることはあっても、一般の人々に「蜘蛛」の生態は注目されることはないのである。しかし、「蜘蛛」が織り上げる巣の多様なデザインが、ディキンスンの１編１編の詩のデザインと類似していると考えることができる。なぜなら、詩人は自分の頭の中で選んだ言葉やフレーズを白い紙の上に配置するのが仕事だからである。特にハイフンを多用するディキンスンの詩は、「蜘蛛」の巣に視覚的に似ていると考えることができようか。つまり「蜘蛛」は、ディキンスンと詩を表す隠喩なのである。

　「美」が、ディキンスンの希求するものであることも理解できた。それには、ディキンスンが敬愛していたジョン・キーツの影響もあるだろう。しかし、ディキンスンの「美」はどこか儚げでよそよそしいものがある。言い換えれば、手の届きそうもないものでもある。ディキンスン自身が、「美の中にいる唯一のカンガルー」と称していることからも分かるように、自分と釣合のとれない、近づきにくい対象なのが「美」である。だからこそ、詩人の生命である言葉を使って、書き留めようとするのである。

　美しいものと儚いものを対象に詩を書くには、観察力、すなわち視覚と聴覚のバランス関係が重要である。本書の第8章で考察したように、ディキンスンは他の詩人たちの中で、聴覚を意識した方ではないかと考える。そして、ディキンスンにとって、「回想」することもまた重要な作業である。何気なく頭の中に浮かんだものを、記憶の糸を頼りに思い出していくのである。それを言葉で書き表すのである。ある時は、夕日の情景だったり、またある時は、雪景色だったりするものを、ディキンスンは色彩を表

す単語を使いながら、まるで絵画のような詩を生み出していったのである。ディキンスンは目の疾患を抱えていたため、鋭敏な観察力を補うために聴覚や「回想」というものを活用したのではないのかと思われる。

　本書では、純粋に白いイメージのものから、色のない無色のテーマに至るまで、多岐に亘っているが、それだけ「白」という隠喩は多種多様なものを含む色であり、想像力の原点であることが考察できた。そのことを図で表してみたい。

〈ディキンスンの白の修辞学のイメージ〉

白	→					無色
雪	冬	霜	美	夏	記憶	喪失
花嫁のドレス	創造主	清廉潔白			想像力	忘却
蜘蛛の巣		白熱する炎				無

　「白」という色彩に近いイメージのものとしては、本書の第1部で考察したような「雪」や「冬」、「花嫁」の純白の衣装が挙げられる。そして、「蜘蛛」の創造物である「巣」も、これらのイメージに含めることができる。ここでの「白」という色彩は、白いドレス姿のディキンスンをも暗示するような、神秘的な修辞であることが分かった。

　そして「白」と「無色」の中間に位置する、「清廉潔白」や「白熱する炎」は、ディキンスンの詩人としての強い決意を表す隠喩と言って良い。そのディキンスンが、生涯をかけて希求したのが、第2部で考察した「美」であった。「美」は目で捉えられるものから、儚くも消えてしまうものまで、幅広いものであった。その「美」は色彩的な「白」というよりも、視覚的に視認しづらいものであった。よって「美」は、移ろいゆくもの、もしくは留まらないものを表す隠喩と見なすことができる。ディキンスンは詩人として、「美」を自分の詩学の一部として位置付けていたのである。「美」を永遠のものとするために、目を凝らして耳で聴いたものを「記憶」の中

に留め、詩作の際に「想像力」を頼りに再構築していたことになる。
　最後に第3部は、難解で抽象的な「喪失」と「忘却」について考察した。両者は視覚化できるものではなく、図に表したように「無」に近い状態である。端的に言えば、「無色」を表す隠喩そのものである。しかし、両者があるからこそ、詩人は記憶力や想像力をフルに回転させて、独自の詩の世界を創造したと言える。あたかもディキンスンは空白を埋めるかのように、厳選した言葉を配置していったのである。
　ディキンスンの詩学は、この「白」の隠喩が基盤になっていると言っても過言ではない。その中でも「美」に眼差しを向け、憧れを抱き続けたように、ディキンスンの詩学にとって「美」は、崇高で大事な修辞学の1つであった。
　こうしてディキンスンの詩の世界は、時には「白」という色の範囲を超えながら、「円周」のように拡大していく。ディキンスンの稀有な「白」の修辞学(レトリック)は、他の追随を許さない彼女独自の特質である。だからこそ、アメリカ文学界の白眉の1人として重要な地位を占めているのである。今後も彼女の詩は世界中の読者たちの目に留まり、衝撃と感動を与え続けるだろう。

参考文献

Alfrey, Shawn. *The Sublime of Intense Sociability: Emily Dickinson, H.D., and Gertrude Stein*. London: Associated UP, 2000.

Anderson, Charles Roberts. *Emily Dickinson's Poetry: Stairway of Surprise*. Connecticut: Greenwood Press, 1960.

Aristotle. "On the Art of Poetry." Trans. T. S. Dorsch. *Classical Literary Criticism*. Harmondsworth: Penguin Books, 1965.

Barker, Wendy. *Lunacy of Light: Emily Dickinson and the Experience of Metaphor*. Carbondale: Southern Illinois UP, 1987.

Barnstone, Aliki. *Changing Rapture: Emily Dickinson's Poetic Development*. Hanover: UP of New England, 2006.

Benfey, Christopher. *Emily Dickinson: Lives of a Poet*. New York: George Braziller, 1986.

—————. *A Summer of Hummingbirds: Love, Art, and Scandal in the Intersecting Worlds of Emily Dickinson, Mark Twain, Harriet Beecher Stowe, and Martin Johnson Heade*. New York: The Penguin P, 2008.

Bennett, Fordyce R. *A Reference Guide to the Bible in Emily Dickinson's Poetry*. Lanham: The Scarecrow P, Inc., 1997.

Bennett, Paula. *Emily Dickinson: Woman Poet*. New York: Harvester Wheatsheaf, 1990.

—————. *My Life a Loaded Gun: Dickinson, Plath, Rich, Female Creativity*. Urbana: U of Illinois P, 1990.

—————. *Poets in the Public Sphere: The Emancipatory Project of American Women's Poetry, 1800-1900*. Princeton: Princeton UP, 2003.

Bevis, William W. *Mind of Winter: Wallace Stevens, Meditation, and Literature*. Pittsburgh: U of Pittsburgh P, 1988.

Blasing, Mutlu Konuk. *American Poetry: The Rhetoric of Its Forms*. New Haven: Yale UP, 1987.

Bloom, Harold, ed. *Bloom's BioCritiques: Emily Dickinson*. Philadelphia: Chelsea House Publishers, 2003.

—————, ed. *Modern Critical Views: Emily Dickinson*. New York: Chelsea House Publishers, 1985.

———, ed. *Modern Critical Views: Emily Dickinson New Edition*. New York: Bloom's Literary Criticism, 2008.

———, ed. *Modern Critical Views: Wallace Stevens*. New York: Chelsea House Publishers, 1985.

———. *Wallace Stevens: The Poems of Our Climate*. Ithaca: Cornell UP, 1977.

Bouson, J. Brooks, ed. *Critical Insights: Emily Dickinson*. California: Salem P, 2011.

Brantley, Richard E. *Experience and Faith: The Late-Romantic Imagination of Emily Dickinson*. New York: Palgrave Macmillan, 2004.

Brogan, Jacqueline Vaught. *The Violence Within the Violence Without: Wallace Stevens and the Emergence of a Revolutionary Poetics*. Athens: U of Georgia P, 2003.

Budick, E. Miller. *Emily Dickinson and the Life of Language: A Study in Symbolic Poetics*. Baton Rouge: Louisiana State UP, 1985.

Burr, Zofia. *Of Women, Poetry, and Power: Strategies of Address in Dickinson, Miles, Brooks, Lorde, and Angelou*. Urbana: U of Illinois P, 2002.

Cady, Edwin H., and Louis J. Budd, eds. *On Dickinson: The Best from American Literature*. Durham: Duke UP, 1990.

Cameron, Sharon. *Choosing Not Choosing: Dickinson's Fascicles*. Chicago: U of Chicago P, 1992.

———. *Lyric Time: Dickinson and the Limits of Genre*. Baltimore: The Johns Hopkins UP, 1979.

Capps, Jack L. *Emily Dickinson's Reading, 183–1886*. Cambridge, Massachusetts: Harvard UP, 1966.

Charyn, Jerome. *The Secret Life of Emily Dickinson*. New York: W. W. Norton, 2010.

Christensen, Lena. *Editing Emily Dickinson: The Production of an Author*. New York: Routledge, 2008.

Clinton, Catherine, and Christine Lunardini. *The Columbia Guide to American Women in the Nineteenth Century*. New York: Columbia UP, 2000.

Cody, John. *After Great Pain: The Inner Life of Emily Dickinson*. Cambridge, Massachusetts: The Belknap P of Harvard UP, 1971.

Cooley, Carolyn Lindley. *The Music of Emily Dickinson's Poems and Letters: A Study of Imagery and Form*. Jefferson: McFarland and Company, Inc., Publishers, 2003.

Crumbley, Paul. *Inflections of the Pen: Dash and Voice in Emily Dickinson.* Kentucky: UP of Kentucky, 1997.

————. *Winds of Will: Emily Dickinson and the Sovereignty of Democratic Thought.* Tuscaloosa: U of Alabama P, 2010.

Deppman, Jed. *Trying to Think with Emily Dickinson.* Amherst: U of Massachusetts P, 2008.

Deppman, Jed, Marianne Noble, and Gary Lee Stonum, eds. *Emily Dickinson and Philosophy.* New York: Cambridge UP, 2013.

Dickie, Margaret. *Lyric Contingencies: Emily Dickinson and Wallace Stevens.* Philadelphia: U of Pennsylvania P, 1991.

Dickinson, Emily. *The Letters of Emily Dickinson.* Eds. Thomas H. Johnson and Theodora Ward. 3 vols. Cambridge, Massachusetts: The Belknap P of Harvard UP, 1958.

————. *The Poems of Emily Dickinson.* Ed. Thomas H. Johnson. 3 vols. Cambridge, Massachusetts: The Belknap P of Harvard UP, 1955.

————. *The Poems of Emily Dickinson.* Ed. R. W. Franklin. 3 vols. Cambridge, Massachusetts: The Belknap P of Harvard UP, 1998.

————. *The Poems of Emily Dickinson: Reading Edition.* Ed. R. W. Franklin. Cambridge, Massachusetts: The Belknap P of Harvard UP, 1999.

Diehl, Joanne Feit. *Dickinson and the Romantic Imagination.* Princeton: Princeton UP, 1981.

————. *Women Poets and the American Sublime.* Bloomington: Indiana UP, 1990.

Doriani, Beth Maclay. *Emily Dickinson, Daughter of Prophecy.* Amherst: U of Massachusetts P, 1996.

Duncan-Jones, Katherine, ed. *Shakespeare's Sonnets.* London: The Arden Shakespeare, 1997.

Eberwein, Jane Donahue, ed. *An Emily Dickinson Encyclopedia.* Westport: Greenwood P, 1998.

————. *Dickinson: Strategies of Limitation.* Amherst: U of Massachusetts P, 1985.

Emerson, Ralph Waldo. *Nature: Addresses and Lectures.* Vol. 1. Ed. Edward Waldo Emerson. New York: AMS P, 1968.

————. "Circles." The Complete Works of Ralph Waldo Emerson. Ed. Edward Waldo Emerson. Vol. 2. New York: AMS P, 1968.

————. "Self-Reliance." The Complete Works of Ralph Waldo Emerson.

Ed. Edward Waldo Emerson. Vol. 2. New York: AMS P, 1968.

―――. "The Poet." *The Complete Works of Ralph Waldo Emerson*. Ed. Edward Waldo Emerson. Vol. 3. New York: AMS P, 1968.

Erkkila, Betsy. *The Wicked Sisters: Women Poets, Literary History, and Discord*. New York: Oxford UP, 1992.

Ernst, Katharina. *"Death" in the Poetry of Emily Dickinson*. Carl Winter: Heidelberg, 1992.

Farr, Judith. *The Passion of Emily Dickinson*. Cambridge, Massachusetts: Harvard UP, 1992.

―――. *The Gardens of Emily Dickinson*. Massachusetts: Harvard UP, 2004.

Felstiner, John. *Can Poetry Save the Earth?: A Field Guide to Nature Poems*. New Haven: Yale UP, 2009.

Ferlazzo, Paul J. *Emily Dickinson*. Boston: Twayne Publishers, 1976.

Finnerty, Páraic. *Emily Dickinson's Shakespeare*. Amherst: U of Massachusetts P, 2006.

Fletcher, Angus. *A New Theory for American Poetry: Democracy, the Environment, and the Future of Imagination*. Massachusetts: Harvard UP, 2004.

Freedman, Linda. *Emily Dickinson and the Religious Imagination*. New York: Cambridge UP, 2011.

Frost, Robert. *The Poetry of Robert Frost*. Ed. Edward Connery Lathem. New York: Holt, Rinehart and Winston, 1969.

Fuss, Diana. *The Sense of an Interior: Four Writers and the Rooms That Shaped Them*. New York: Routledge, 2004.

Garbowsky, Maryanne M. *The House without the Door: A Study of Emily Dickinson and the Illness of Agoraphobia*. London: Associated UP, 1989.

Gardner, Thomas. *A Door Ajar: Contemporary Writers and Emily Dickinson*. New York: Oxford UP, 2006.

Gelpi, Albert J. *Emily Dickinson: The Mind of the Poet*. New York: The Norton Library, 1971.

Gilbert, Sandra M. and Suzan Gubar. *The Madwoman in the Attic: The Woman Writer and the Nineteenth-Century Literary Imagination*. New Haven: Yale UP, 1979.

Gordon, Lyndall. *Lives Like Loaded Guns: Emily Dickinson and Her Family's Feuds*. London: Virago, 2010.

Grabher, Gudrun, Roland Hagenbüchle, and Cristanne Miller. *The Emily Dickinson Handbook*. Amherst: U of Massachusetts P, 1998.

Gray, Richard. *A History of American Literature*. Malden: Blackwell Publishing, 2004.

Grossman, Jay. *Reconstituting the American Renaissance: Emerson, Whitman, and the Politics of Representation*. Durham: Duke UP, 2003.

Gupta, Lucky. *Religious Sensibility in Emily Dickinson*. New Delhi, Rajat Publications, 2003.

Guthrie, James R. *Emily Dickinson's Vision: Illness and Identity in Her Poetry*. Gainesville: UP of Florida, 1998.

Habegger, Alfred. *My Wars Are Laid Away in Books: The Life of Emily Dickinson*. New York: Random House, 2001.

Harris, Morag. *Emily Dickinson in Time: Experience and Its Analysis in Progressive Verbal Form*. London: The Clunie P, 1999.

Healey, John J. *Emily & Herman: A Literary Romance*. New York: Arcade Publishing, 2013.

Heginbotham, Eleanor Elson. *Reading the Fascicles of Emily Dickinson: Dwelling in Possibilities*. Columbus: The Ohio State UP, 2003.

Hogue, Cynthia. *Scheming Women: Poetry, Privilege, and the Politics of Subjectivity*. New York: State U of New York P, 1995.

Homans, Margaret. *Women Writers and Poetic Identity: Dorothy Wordsworth, Emily Brontë, and Emily Dickinson*. Princeton: Princeton UP, 1980.

Jackson Virginia. *Dickinson's Misery: A Theory of Lyric Reading*. Princeton: Princeton UP, 2005.

Johnson, Claudia Durst. *Death and Dying in the Poetry of Emily Dickinson*. Detroit: Greenhaven P, 2013.

Johnson, Greg. *Emily Dickinson: Perception and the Poet's Quest*. Alabama: U of Alabama P, 1985.

Juhasz, Suzanne, ed. *Feminist Critics Read Emily Dickinson*. Bloomington: Indiana UP, 1983.

―――. *The Undiscovered Continent: Emily Dickinson and the Space of the Mind*. Bloomington: Indiana UP, 1983.

Juhasz, Suzanne and Martha Nell Smith. *Comic Power in Emily Dickinson*. Austin: U of Texas P, 1993.

Keane, Patrick J. *Emily Dickinson's Approving God: Divine Design and the Problem of Suffering*. Columbia: U of Missouri P, 2008.

Keller, Karl. *The Only Kangaroo among the Beauty: Emily Dickinson and America*. Baltimore: The Johns Hopkins UP, 1979.

Kirk, Connie Ann. *Emily Dickinson: A Biography*. Connecticut: Greenwood P, 2004.

Kirkby, Joan. *Women Writers: Emily Dickinson*. London: Macmillan, 1991.

Kher, Inder Nath. *The Landscape of Absence: Emily Dickinson's Poetry*. New Haven: Yale UP, 1974.

Khan, M. M. *Emily Dickinson's Poetry: Thematic Design and Texture*. New Delhi: Bahri Publications Pvt. Ltd, 1983.

Knapp, Bettina L. *Emily Dickinson*. New York: The Continuum Publishing Company, 1991.

Kort, Carol. *A to Z of American Women Writers*. New York: Facts on File, Inc., 2000.

———. *American Women Writers: A Biographical Dictionary*. New York: Checkmark Books, 2001.

Lauter, Paul, ed. *A Companion to American Literature and Culture*. Malden: Wiley-Blackwell, 2010.

Lease, Benjamin. *Emily Dickinson's Readings of Men and Books*. London: Macmillan, 1990.

Leder, Sharon, and Andrea Abbott. *The Language of Exclusion: The Poetry of Emily Dickinson and Christina Rossetti*. New York: Greenwood P, 1987.

Leiter, Sharon. *Critical Companion to Emily Dickinson: A Literary Reference to Her Life and Work*. New York: Facts on File, 2007.

Loeffelholz, Mary. *Dickinson and the Boundaries of Feminist Theory*. Urbana: U of Illinois P, 1991.

———. *From School to Salon: Reading Nineteenth-Century American Women's Poetry*. Princeton: Princeton UP, 2004.

Lucas, Dolores Dyer. *Emily Dickinson and Riddle*. Illinois: Northern Illinois UP, 1969.

MacKenzie, Cindy and Barbara Dana, ed. *Wider than the Sky: Essays and Meditations on the Healing Power of Emily Dickinson*. Ohio: The Kent State UP, 2007.

MacKenzie, Cynthia. *Concordance to the Letters of Emily Dickinson*. Colorado: UP of Colorado, 2000.

Martin, Wendy. *An American Triptych: Anne Bradstreet, Emily Dickinson,*

Adrienne Rich. Chapel Hill: U of North Carolina P, 1984.

———, ed. *The Cambridge Companion to Emily Dickinson*. Cambridge: Cambridge UP, 2002.

———, ed. *The Cambridge Introduction to Emily Dickinson*. Cambridge: Cambridge UP, 2007.

Martin, Wendy, ed. *All Things Dickinson: An Encyclopedia of Emily Dickinson's World*. 2 vols. California: Greenwood, 2014.

McDowell, Marta. *Emily Dickinson's Gardens: A Celebration of a Poet and Gardner*. New York: McGraw-Hill, 2005.

McIntosh, James. *Nimble Believing: Dickinson and the Unknown*. Ann Arbor: U of Michigan P, 2000.

McNeil, Helen. *Emily Dickinson*. London: Virago P, 1986.

McSweeney, Kerry. *The Language of the Senses: Sensory-Perceptual Dynamics in Wordsworth, Coleridge, Thoreau, Whitman, and Dickinson*. Montreal & Kingston: McGill-Queen's UP, 1998.

Melville, Herman. *Moby-Dick or, the Whale*. Harmondsworth: Penguin Books, 1992.

Miller, Cristanne. *Emily Dickinson: A Poet's Grammar*. Cambridge, Massachusetts: Harvard UP, 1987.

———. *Reading in Time: Emily Dickinson in the Nineteenth Century*. Amherst: U of Massachusetts P, 2012.

Mitchell, Domhnall. *Emily Dickinson: Monarch of Perception*. Amherst: U of Massachusetts P, 2000.

———. *Measures of Possibility: Emily Dickinson's Manuscripts*. Amherst: U of Massachusetts P, 2005.

Mitchell, Domhnall and Maria Stuart, eds. *The International Reception of Emily Dickinson*. New York: Continuum, 2009.

Monteiro, George. *Robert Frost and the New England Renaissance*. Kentucky: UP of Kentucky, 1988.

Morgan, Victoria N. *Emily Dickinson and Hymn Culture*: Tradition and Experience. Surrey: Ashgate, 2010.

Morris, Timothy. *Becoming Canonical in American Poetry*. Urbana: U of Illinois P, 1995.

Mossberg, Barbara Antonina Clarke. *Emily Dickinson: When a Writer Is a Daughter*. Bloomington: Indiana UP, 1982.

Mudge, Jean McClure. *Emily Dickinson and the Image of Home*. Amherst: U of Massachusetts P, 1975.

Oberhaus, Dorothy Huff. *Emily Dickinson's Fascicles: Method and Meaning.* Pennsylvania: The Pennsylvania State UP, 1995.

Olney, James. *The Language (s) of Poetry: Walt Whitman, Emily Dickinson, Gerard Manley Hopkins.* Athens: U of Georgia P, 1993.

Orzeck, Martin, and Robert Weisbuck, eds. *Dickinson and Audience.* Ann Arbor: U of Michigan P, 1996.

Parker, Hershel and Harrison Hayford, eds.. *Moby-Dick.* New York: W. W. Norton, 2002.

Perriman, Wendy K. *A Wounded Deer: The Effects of Incest on the Life and Poetry of Emily Dickinson.* Newcastle: Cambridge Scholars P., 2006.

Petrino, Elizabeth A. *Emily Dickinson and Her Contemporaries: Women's Verse in America, 1820-1885.* Hanover: UP of New England, 1998.

Phillips, Elizabeth. *Emily Dickinson: Personae and Performance.* University Park: The Pennsylvania State UP, 1988.

Pollak, Vivian R., ed. *A Historical Guide to Emily Dickinson.* New York: Oxford UP, 2004.

―――. *Dickinson: The Anxiety of Gender.* Ithaca: Cornell UP, 1984.

Pollitt, Josephine. *Emily Dickinson: The Human Background of Her Poetry.* New York: Cooper Square Publishers, Inc., 1930.

Porter, David. *The Art of Emily Dickinson's Early Poetry.* Cambridge, Massachusetts: Harvard UP, 1966.

―――. *Dickinson: The Modern Idiom.* Cambridge, Massachusetts: Harvard UP, 1981.

Priddy, Anna. *Bloom's How to Write about Emily Dickinson.* New York: Bloom's Literary Criticism, 2008.

Prins, Yopie and Maeera Shreiber, eds. *Dwelling in Possibility: Women Poets and Critics on Poetry.* Ithaca: Cornell UP, 1997.

Pritchard, William H. *Talking Back to Emily Dickinson, and Other Essays.* Amherst: U of Massachusetts P, 1998.

Reiman, Donald H. and Neil Fraistat, eds.. *Shelley's Poetry and Prose.* New York: W. W. Norton, 2002.

Reynolds, David S. *Beneath the American Renaissance: The Subversive Imagination in the Age of Emerson and Melville.* Cambridge, Massachusetts: Harvard UP, 1988.

Rich, Adrienne. *On Lies, Secrets, and Silence: Selected Prose 1966-1978.*

New York: W. W. Norton, 1979.

Robinson, John. *Emily Dickinson: Looking to Canaan*. London: Faber and Faber, 1986.

Rosenbaum, S. P., ed. *A Concordance to the Poems of Emily Dickinson*. Ithaca: Cornell UP, 1964.

Ruland, Richard, and Malcolm Bradbury. *From Puritanism to Postmodernism: A History of American Literature*. Harmondsworth: Penguin Books, 1991.

Salska, Agnieszka. *Walt Whitman and Emily Dickinson: Poetry of the Central Consciousness*. Philadelphia: U of Pennsylvania P, 1985.

Sato, Tomoko. *Emily Dickinson's Poems: Bulletins from Immortality*. Tokyo: Shinzansha Publishing Co., Ltd., 1999.

Scruton, Roger. *Beauty*. New York: Oxford UP, 2009.

Sedarat, Roger. *New England Landscape History in American Poetry: A Lacanian View*. Amherst: Cambria P, 2011.

Sewall, Richard B. *The Life of Emily Dickinson*. Cambridge, Massachusetts: Harvard UP, 1974.

Sharon Leiter. *Emily Dickinson: A Literary Reference to Her Life and Work*. New York: Facts on File, 2007.

Sherwood, William Robert. *Circumference and Circumstance: Stages in the Mind and Art of Emily Dickinson*. New York: Columbia UP, 1968.

Shurr, William H. *The Marriage of Emily Dickinson: A Study of the Fascicles*. Lanham: UP of America, 1992.

Sielke, Sabine. *Fashioning the Female Subject: The Intertextual Networking of Dickinson, Moore, and Rich*. Ann Arbor: U of Michigan P, 1997.

Small, Judy Jo. *Positive as Sound: Emily Dickinson's Rhyme*. Athens: U of Georgia P, 1990.

Smith, Martha Nell. *Rowing in Eden: Rereading Emily Dickinson*. Austin: U of Texas P, 1992.

Smith, Martha Nell and Mary Loeffelholz, eds. *A Companion to Emily Dickinson*. Malden: Blackwell Publishing, 2008.

Smith, Robert McClure. *The Seductions of Emily Dickinson*. Tuscaloosa: U of Alabama P, 1996.

Socarides, Alexandra. *Dickinson Unbound: Paper, Process, Poetics*. Oxford: Oxford UP, 2012.

St. Armand, Barton Levi. *Emily Dickinson and Her Culture: The Soul's*

Society. Cambridge: Cambridge UP, 1984.
Stevens, Wallace. *The Collected Poems of Wallace Stevens*. New York: Alfred A. Knopf, 1980.
Stocks, Kenneth. *Emily Dickinson and the Modern Consciousness: A Poet of Our Time*. London: Macmillan P, 1988.
Stonum, Gary Lee. *The Dickinson Sublime*. Wisconsin: U of Wisconsin P, 1990.
The Emily Dickinson Society of Japan. *After a Hundred Years: Essays on Emily Dickinson*. Kyoto: Apollon-sha, 1988.
Thoreau, Henry David. *Walden and Civil Disobedience*. Harmondsworth: Penguin Books, 1983.
Uno, Hiroko. *Emily Dickinson Visits Boston*. Kyoto: Yamaguchi Publishing House, 1990.
―――. *Emily Dickinson's Marble Disc: A Poetics of Renunciation and Science*. Tokyo: Eihōsha, 2002.
Vrndler, Helen. *Dickinson: Selected Poems and Commentaries*. Cambridge: Massachusetts: The Belknap P of Harvard UP, 2010.
Wagner-Martin, Linda. *Emily Dickinson: A Literary Life*. London: Macmillan, 2013.
Walsh, John Evangelist. *Emily Dickinson in Love: The Case for Otis Lord*. New Brunswick: Rutgers UP, 2012.
Wardrop, Daneen. *Emily Dickinson's Gothic: Goblin with a Gauge*. Iowa City: U of Iowa P, 1996.
―――. *Word, Birth, and Culture: The Poetry of Poe, Whitman, and Dickinson*. Westport: Greenwood P, 2002.
Warner, Nicholas O. *Spirits of America: Intoxication in Nineteenth-Century American Literature*. Norman: U of Oklahoma P, 1997.
Weisbuch, Robert. *Emily Dickinson's Poetry*. Chicago: U of Chicago P, 1972.
Werner, Marta L. *Emily Dickinson's Open Folios: Scenes of Reading, Surfaces of Writing*. Ann Arbor: U of Michigan P, 1995.
Wheeler, Lesley. *The Poetics of Enclosure: American Women Poets from Dickinson to Dove*. Knoxville: U of Tennessee P, 2002.
White, Fred D. *Approaching Emily Dickinson: Critical Currents and Crosscurrents since 1960*. New York: Camden House, 2008.
Whitman, Walt. *Leaves of Grass*. Ed. Sculley Bradley and Harold W. Blodgett. New York: W. W. Norton, 1973.
Wineapple, Brenda. *White Heat: The Friendship of Emily Dickinson and*

Thomas Wentworth Higginson. New York: Alfred A. Knopf, 2008.
Wolff, Cynthia Griffin. *Emily Dickinson*. Massachusetts: Addison-Wesley Publishing Company, 1986.
Wolosky, Shira. *Emily Dickinson: A Voice of War*. New Haven: Yale UP, 1984.
―――. *The Art of Poetry: How to Read a Poem*. Oxford: Oxford UP, 2001.
Young, Elizabeth. *Disarming the Nation: Women's Writing and the American Civil War*. Chicago: U of Chicago P, 1999.

アライ゠ヒロユキ『ニューイングランド紀行――アメリカ東部・共生の道』繊研新聞社、2013 年。
アルヴィ宮本なほ子編『対訳シェリー詩集』岩波文庫、2013 年。
岩瀬悉有『蜘蛛の単の意匠――アメリカ作家の創造性』英宝社、2003 年。
岩田典子『エミリ・ディキンスン――愛と詩の殉教者』創元社、1982 年。
―――『エミリの詩の家――アマストで暮らして』編集工房ノア、1996 年。
―――『エミリ・ディキンスンを読む』思潮社、1997 年。
―――『エミリー・ディキンソン――わたしは可能性に住んでいる』開文社出版、2005 年。
上田和夫訳『シェリー詩集』新潮文庫、1984 年。
大本剛士編『日本におけるエミリィ　ディキンスン書誌（1896-2000）』専修大学出版局、2002 年。
萱嶋八郎『エミリ・ディキンスンの世界』南雲堂、1985 年。
川名澄編訳『エミリ・ディキンソン詩集――わたしは誰でもない』風媒社、2008 年。
川本皓嗣『アメリカの詩を読む』岩波書店、1998 年。
『コンサイス外国人名事典』第 3 版、三省堂、1999 年。
西行著、後藤重郎校注『山家集　新潮日本古典集成』新潮社、1982 年。
酒本雅之『ことばと永遠――エミリー・ディキンソンの世界創造』研究社出版、1992 年。
―――訳『エマソン論文集』（上）岩波文庫、1972 年。
―――訳『エマソン論文集』（下）岩波文庫、1973 年。
ジェイン・D・エバウェイン編、鵜野ひろ子訳『エミリ・ディキンスン事典』雄松堂出版、2007 年。
嶋﨑陽子『アメリカの詩心――ディキンスンとスティーヴンズ』沖積舎、1998 年。
嶋田美恵子『エミリ・ディキンスンの詩――カルヴァン神学の受容と排除』ブイツーソリューション、2007 年。
ジョン・ラスキン著、内藤史朗訳『風景の思想とモラル――近代画家論・風景

論』法藏館、2002年。
シンディー・マッケンジー、バーバラ・ダナ編、大西直樹訳『空よりも広く——エミリー・ディキンスンの詩に癒された人々』彩流社、2012年。
スティーヴン・E・ウィッチャー著、高梨良夫訳『エマソンの精神遍歴——自由と運命』南雲堂、2001年。
武田雅子編訳『エミリの窓から』蜂書房、1988年。
谷岡清男『愛と孤独と——エミリ・ディキンスン詩集Ⅰ』ニューカレントインターナショナル、1987年。
―――『愛と孤独と——エミリ・ディキンスン詩集Ⅱ』ニューカレントインターナショナル、1988年。
―――『愛と孤独と——エミリ・ディキンスン詩集Ⅲ』ニューカレントインターナショナル、1989年。
トーマス・H・ジョンソン著、新倉俊一・鵜野ひろ子訳『エミリ・ディキンスン評伝』国文社、1985年。
冨原芳彰編『文学の受容——現代批評の戦略』研究社出版、1985年。
中内正夫『エミリ・ディキンスン——露の放蕩者』南雲堂、1981年。
中島完『エミリ・ディキンスン詩集——自然と愛と孤独と』国文社、1964年。
―――『エミリ・ディキンスン詩集——続自然と愛と孤独と』国文社、1973年。
―――『エミリ・ディキンスン詩集——続々自然と愛と孤独と』国文社、1983年。
―――『エミリ・ディキンスン詩集——自然と愛と孤独と〈第4集〉』国文社、1994年。
新倉俊一『アメリカ詩の世界——成立から現代まで』大修館書店、1981年。
―――『エミリー・ディキンスン——不在の肖像』大修館書店、1989年。
―――訳編『ディキンスン詩集』思潮社、1993年。
―――編『エミリ・ディキンスンの詩の世界』国文社、2011年。
野内良三『レトリック入門——修辞と論証』世界思想社、2002年。
野田壽編訳『色のない虹——対訳エミリー・ディキンスン詩集』ふみくら書房、1996年。
野田壽『ディキンスン断章』英宝社、2003年。
萩原萬里子『エミリー・ディキンスンの詩の諸相』文化書房博文社、1997年。
古川隆夫『ディキンスンの詩法の研究——重層構造を読む』研究社出版、1992年。
マイケル・グラント、ジョン・ヘイゼル著、西田実主幹『ギリシア・ローマ神話事典』大修館書店、1988年。
松本明美「蜘蛛と詩人——エミリィ・ディキンスンのテクストと言葉」『英米文学』第45巻第1号、関西学院大学英米文学会、2000年12月5日。

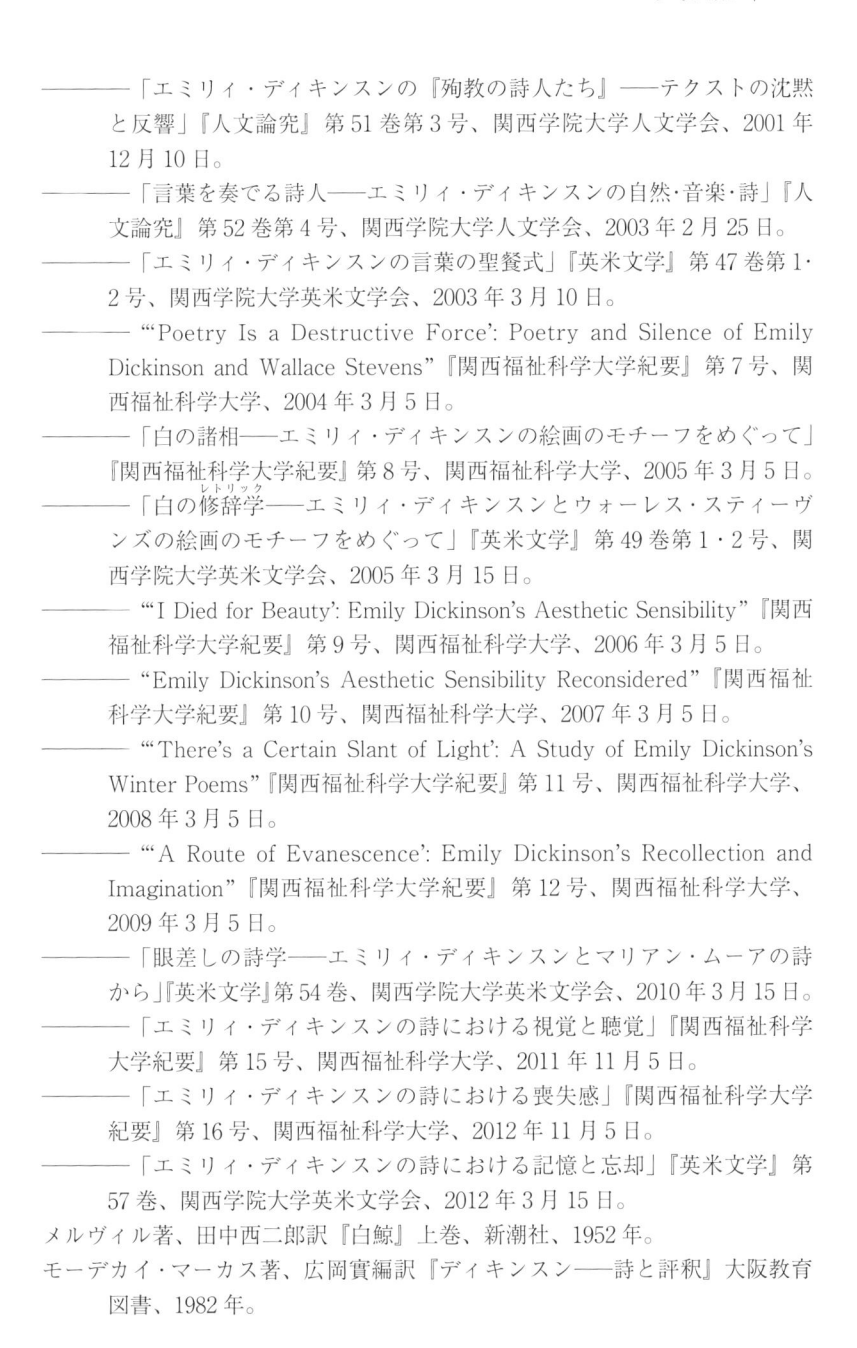

───「エミリィ・ディキンスンの『殉教の詩人たち』──テクストの沈黙と反響」『人文論究』第 51 巻第 3 号、関西学院大学人文学会、2001 年 12 月 10 日。

───「言葉を奏でる詩人──エミリィ・ディキンスンの自然・音楽・詩」『人文論究』第 52 巻第 4 号、関西学院大学人文学会、2003 年 2 月 25 日。

───「エミリィ・ディキンスンの言葉の聖餐式」『英米文学』第 47 巻第 1・2 号、関西学院大学英米文学会、2003 年 3 月 10 日。

─── "'Poetry Is a Destructive Force': Poetry and Silence of Emily Dickinson and Wallace Stevens"『関西福祉科学大学紀要』第 7 号、関西福祉科学大学、2004 年 3 月 5 日。

───「白の諸相──エミリィ・ディキンスンの絵画のモチーフをめぐって」『関西福祉科学大学紀要』第 8 号、関西福祉科学大学、2005 年 3 月 5 日。

───「白の修辞学(レトリック)──エミリィ・ディキンスンとウォーレス・スティーヴンズの絵画のモチーフをめぐって」『英米文学』第 49 巻第 1・2 号、関西学院大学英米文学会、2005 年 3 月 15 日。

─── "'I Died for Beauty': Emily Dickinson's Aesthetic Sensibility"『関西福祉科学大学紀要』第 9 号、関西福祉科学大学、2006 年 3 月 5 日。

─── "Emily Dickinson's Aesthetic Sensibility Reconsidered"『関西福祉科学大学紀要』第 10 号、関西福祉科学大学、2007 年 3 月 5 日。

─── "'There's a Certain Slant of Light': A Study of Emily Dickinson's Winter Poems"『関西福祉科学大学紀要』第 11 号、関西福祉科学大学、2008 年 3 月 5 日。

─── "'A Route of Evanescence': Emily Dickinson's Recollection and Imagination"『関西福祉科学大学紀要』第 12 号、関西福祉科学大学、2009 年 3 月 5 日。

───「眼差しの詩学──エミリィ・ディキンスンとマリアン・ムーアの詩から」『英米文学』第 54 巻、関西学院大学英米文学会、2010 年 3 月 15 日。

───「エミリィ・ディキンスンの詩における視覚と聴覚」『関西福祉科学大学紀要』第 15 号、関西福祉科学大学、2011 年 11 月 5 日。

───「エミリィ・ディキンスンの詩における喪失感」『関西福祉科学大学紀要』第 16 号、関西福祉科学大学、2012 年 11 月 5 日。

───「エミリィ・ディキンスンの詩における記憶と忘却」『英米文学』第 57 巻、関西学院大学英米文学会、2012 年 3 月 15 日。

メルヴィル著、田中西二郎訳『白鯨』上巻、新潮社、1952 年。

モーデカイ・マーカス著、広岡實編訳『ディキンスン──詩と評釈』大阪教育図書、1982 年。

山川瑞明編『ホイットマンとディキンスン──文化象徴をめぐって』弓書房、1981 年。
山川瑞明・武田雅子編訳『エミリ・ディキンスンの手紙』弓プレス、1984 年。
吉田秀生訳『シェイクスピアのソネット集』南雲堂、2008 年。
『ランダムハウス英和大辞典』第 2 版、小学館、2002 年。
『リーダーズ英和辞典』第 3 版、研究社、2012 年。
ロバート・L・レア著、藤谷聖和・岡本雄二・藤本雅樹編訳『エミリ・ディキンスン詩入門』国文社、1993 年。

あ と が き

　エミリィ・ディキンスンと私との出会いは私が大学2年生の時であったが、今でも彼女の詩を読んだ感激と衝撃を忘れることができない。結局私は、ディキンスンをテーマに卒業論文を書き上げた。さらにもっとこの詩人について知りたいと思い、大学院に進んで本格的に研究を続けることにした。ディキンスン一筋の研究生活は、すでに20年の歳月が流れ、今日までに至っている。しかしその間の研究生活は、ディキンスンとの闘いと言っても言い過ぎではなかった。なぜなら、ディキンスンの詩は難解だと言われているからである。具体的に言うと、短く圧縮されたスタイルの中に、ダッシュが多用され、また多くの単語の最初のスペルが大文字化されているからである。詩のテーマとしては、死、絶望、魂、愛、自然などが大半であるが、彼女の独特のイディオムが解釈をさらに難渋なものにしている。

　ディキンスンは20代後半から父親の屋敷に引きこもり、白い衣装を着て、一生独身を貫いたと言われている。また、彼女は多くの書簡を書いたが、中には晦渋な文章も含まれている。ディキンスンは密かに1800編近い詩を書き残しているが、生前に自分の名前を冠した詩集は出版していない。19世紀の保守的な町で暮らしてきたことも影響しているが、彼女は自分の詩がこの時代に受け入れられるとは思っていなかったのだろう。ディキンスンの詩才を認める人はいたものの、当時は、例えばエマーソンやホイットマンなどの男性作家や詩人たちが、時代を席巻していたのである。

　しかし、20世紀後半から21世紀にかけて、数多くの詩集や研究書が出版されている。日本でも、ディキンスン研究が隆盛を極め、アメリカ以外の海外でもディキンスンの詩は、多数の読者を獲得しつつある。そして今や、ディキンスンはアメリカ文学史になくてはならない詩人の1人となっている。

今回、本書をまとめようとした意図は、2つある。1つ目の意図は先に述べたように、これまでの20年の研究生活を振り返って、ここまで研究してきた内容をまとめることである。ここで、自分の研究成果を冷静に見つめ直し、分析することで今後に活かすため、自分が考察した内容をさらに考察し直すことが目的であった。

　2つ目の意図は、これまでにディキンスンを風変わりな詩人、もしくは厄介な詩を書く人というイメージを持っておられる方々にも、ディキンスンという詩人像、並びに彼女の詩の良さを少しでも知っていただきたいとの願いから本書を書いたのである。無論、ディキンスンの詩に関しては、よく取り上げられる有名な詩を多く取り上げ、できるだけ分かりやすく論述したつもりである。また、これまでディキンスンを多少読んだことがある人にも読んでいただけるように、あまり取り上げられることがない詩も敢えて選択した。研究方法としては、できるだけ詩を忠実に読み、様々な研究書も引用しながら詳細に説明しているつもりである。シンプルな方法だが、詩と直に対峙するのがいちばんの研究方法だと悟ったからである。ただディキンスンだけではなく、時には、イギリスやアメリカの詩人たちの作品も引用しながら、ディキンスンがどの詩人からどのような影響を受けたのか、自分の考察を交えながら論考した。

　本書のタイトルについて説明すると、「白」はディキンスンが身にまとっていた衣装を想起させると同時に、様々な隠喩になりうる言葉であることが分かったのである。その「白」という神秘的な色を巧みに使用しながら、本書自体が独特の詩的空間を演出しているということで、ディキンスンの「白の修辞学」というタイトルとなった。そして、「詩学」と副題に付することで、本書全体がディキンスンと彼女の詩論について様々な視点から論述するスタイルになったのである。

　本書の各章は、すでに発表した以下の論文を大幅に修正して書き直したものである。元々英語で書いた論文については、日本語に訳して改稿している。

◇第 1 部◇

第 1 章：「白の修辞学〈レトリック〉——エミリィ・ディキンスンとウォーレス・スティーヴンズの絵画のモチーフをめぐって」
　　　　『英米文学』第 49 巻　第 1、2 号、関西学院大学英米文学会、2005 年 3 月 15 日。

第 2 章：「蜘蛛と詩人——エミリィ・ディキンスンのテクストと言葉」
　　　　『英米文学』第 45 巻　第 1 号、関西学院大学英米文学会、2000 年 12 月 5 日。

第 3 章："'There's a Certain Slant of Light': A Study of Emily Dickinson's Winter Poems"
　　　　『関西福祉科学大学紀要』第 11 号、関西福祉科学大学、2008 年 3 月 5 日。

◇第 2 部◇

第 4 章："'I Died for Beauty': Emily Dickinson's Aesthetic Sensibility"
　　　　『関西福祉科学大学紀要』第 9 号、関西福祉科学大学、2006 年 3 月 5 日。

第 5 章："Emily Dickinson's Aesthetic Sensibility Reconsidered"
　　　　『関西福祉科学大学紀要』第 10 号、関西福祉科学大学、2007 年 3 月 5 日。

第 6 章："'A Route of Evanescence': Emily Dickinson's Recollection and Imagination"
　　　　『関西福祉科学大学紀要』第 12 号、関西福祉科学大学、2009 年 3 月 5 日。

◇第 3 部◇

第 7 章：「エミリィ・ディキンスンの詩における喪失感」
　　　　『関西福祉科学大学紀要』第 16 号、関西福祉科学大学、2012 年 11 月 5 日。

第 8 章：「エミリィ・ディキンスンの詩における視覚と聴覚」
　　　　『関西福祉科学大学紀要』第 15 号、関西福祉科学大学、2011

年11月5日。
　第9章：「エミリィ・ディキンスンの詩における記憶と忘却」
　　『英米文学』第57巻、関西学院大学英米文学会、2012年3月15日。

　本書が完成するまでに、長い月日が経ってしまった。それでも本書がどうにかここまでまとまったのは、多くの方々の温かい励ましがあったからである。特に、関西学院大学名誉教授で関西福祉科学大学名誉教授の岩瀬悉有先生には、上述した論文やその他の論文も読んでいただき、ご指導をいただいた。先生には大学関係のお仕事がご多忙の中、詩の読み方や研究者としての姿勢に至るまで懇切丁寧にご指導をしていただいた。先生は、浅学菲才な私にも常に励ましのお言葉をかけて下さったのである。また、京都女子大学教授の下村伸子先生には、本書全体を読んで下さり、ご丁寧なアドバイスをいただいた。私とディキンスンとの出会いは、下村先生がご講演なさった、京都女子大学での公開講座の時であった。そして、今回、本書をまとめるようにご助言下さり、躊躇していた私の背中を押して下さったのは、関西学院大学教授の花岡秀先生であった。日本エミリィ・ディキンスン学会の先生方にもご親切にしていただいた。特に、ノートルダム清心女子大学教授の赤松佳子先生には、いつも有益なご助言をいただいた。また、私の細かい質問にも労を惜しまずにお答え下さった。
　直接ご指導をいただいたわけではないけれども、学会発表や研究会で的確なコメントや教えをいただいた先生方や研究者の方々への感謝を忘れることができない。いつも学問上の刺激を与えてくれた勉強会の先生方やメンバーたちへの感謝も忘れない。その他、お名前は申し上げられないが、多くの方々のお世話になったことに感謝申し上げたい。そして、いつも間近で励ましてくれた家族にも感謝の気持ちを捧げたい。最後に、本書の出版を引き受けて下さった、関西学院大学出版会の田中直哉氏、原稿を緻密にチェックして貴重なご助言を下さった、浅香雅代氏にも感謝をする次第である。

なお、本書の出版に当たっては、関西福祉科学大学学術叢書出版助成より助成いただいたことを申し添え、感謝の意を表したい。

　2014 年 5 月

松 本　明 美

索引

A

Above Oblivion's Tide there is a Pier 190
A loss of something ever felt I— 134
A Route of Evanescence, ...120
As imperceptibly as Grief 107
A slash of Blue— 14
A solemn thing—it was—I said— 18
A Spider sewed at Night 38
As Summer into Autumn slips 109
A Thought went up my mind today— 179

B

Beauty—be not caused—It Is— 73
Beauty crowds me till I die 76
Before I got my eye put out 45, 153
Best Gains—must have the Losses' test— 141
By a departing light 123

D

Dare you see a Soul *at the White Heat?* 20
Dont put up my Thread & Needle— 42
Drama's Vitalest Expression is the Common Day 193

E

Estranged from Beauty—none can be— 72
Except the Heaven had come so near— 133

F

Fame's Boys and Girls, who never die 190
Finding is the first Act 140
Flowers—Well—if anybody 93
From Cocoon forth a Butterfly .. 95

G

God made a little Gentian— 62

H

Heart! We will forget him!........171

I

I died for Beauty—but was scarce 78
I'd rather recollect a Setting.....118
I felt a Funeral, in my Brain, ...150
If I could bribe them by a Rose.. 56
If recollecting were forgetting— 178
I heard a Fly buzz—when I died— 148
I heard, as if I had no Ear 158
I held a Jewel in my fingers—...143
I lost a World—the other day!...130
I never lost as much but twice— 132
I reckon—When I count at all— 117
It sifts from Leaden Sieves— 52
I would not paint—a picture—... 25, 154

K

Knows how to forget! 175

M

Mine—by the Right of the White Election!........................... 19
Must be a Wo—................. 100, 137

N

"Nature" is what We see— 162

O

Of so divine a Loss 142
One thing of thee I covet—.......184

P

Pink—small—and punctual—... 91
Poor little Heart!.......................172
Publication—is the Auction........ 22

S

So gay a Flower 88
Summer has two Beginnings— 113
Summer—we all have seen—...111

T

The Butterfly in honored Dust... 96
The butterfly obtains 96
The Definition of Beauty is........ 87
The Frost of Death was on the Pane—............................... 81
The gleam of an heroic act........122
The Lamp burns sure— within— 187
The last of Summer is Delight— 115
The Martyr Poets—did not tell— 28

The One who could repeat the Summer day—.................115
The Poets light but Lamps—....188
There comes a warning like a spy 110
There's a certain Slant of light, ... 58
The Spider as an Artist.............. 37
The Spider holds a Silver Ball... 34
The Spirit is the Conscious Ear— 157
They have a little Odor—that to me....................102
This was a Poet—....................... 27
To be forgot by thee...................185
To hear an Oriole sing 160
To tell the Beauty would decrease 77
'Twas later when the summer went................. 61

W

Were nature mortal lady 98
When I hoped, I recollect..........181
White as an Indian Pipe 65
Winter is good—his Hoar Delights 57
Winter under cultivation 64
Within that little Hive..............121
Without a smile—Without a throe 112

【執筆者略歴】

松本　明美（まつもと・あけみ）
関西学院大学大学院博士課程後期課程文学研究科英文学専攻単位取得満期退学
現在：　関西福祉科学大学健康福祉学部准教授
業績：『エミリ・ディキンスンの詩の世界』国文社、2011年3月10日（共著）。
　　　"'Poetry Is a Destructive Force': Poetry and Silence of Emily Dickinson and Wallace Stevens" 関西福祉科学大学『関西福祉科学大学紀要』第7号、2004年3月5日。
　　　「エミリィ・ディキンスンの情熱的なペルソナ──『装填された銃』の詩を中心に」関西学院大学英米文学会『英米文学』第58巻、2014年3月15日。

白の修辞学（レトリック）
──エミリィ・ディキンスンの詩学

2014年8月12日初版第一刷発行

著　者　松本明美
発行者　田中きく代
発行所　関西学院大学出版会
所在地　〒662-0891
　　　　兵庫県西宮市上ケ原一番町1-155
電　話　0798-53-7002
印　刷　株式会社クイックス

©2014 Akemi Matsumoto
Printed in Japan by Kwansei Gakuin University Press
ISBN 978-4-86283-168-2
乱丁・落丁本はお取り替えいたします。
本書の全部または一部を無断で複写・複製することを禁じます。